사랑하는 마음으로

2023 秋

삼색도

이 작품의 연재 시 제목은 〈일지삼색 화자백홍(一枝三色 花自白紅)〉으로, 서거정의 한시 〈삼색도(三色桃)〉에서 빌려왔다. 삼색도는 흰색, 분홍색, 붉은색의 세 가지 꽃이 한 그루에 어우러져 피는 복숭아나무를 말한다. 시의 전문은 아래와 같다. 번역은 한국고전번역원의 것이다.

———————————————————

物理參差竟莫齊	물리참차경막제
一枝三色孰端倪	일지삼색숙단예
開因前後有深淺	개인전후유심천
花自白紅爭仰低	화자백홍쟁앙저
錦蕚擺殘龍碎甲	금악파잔룡쇄갑
天香吹盡麝然臍	천향취진사연제
年年依舊春風面	연년의구춘풍면
喚起幽人訪故蹊	환기유인방고혜

사물 이치란 끝내 가지런히 할 수 없거니와
한 가지에 세 빛깔은 누가 단서를 만들었나
앞뒤에서 서로 피어 깊고 얕음이 있는데
꽃은 절로 희고 붉어 높낮이를 겨루누나
화려한 꽃잎 떨어져라 용 비늘이 부서진 듯
뛰어난 향기 불어대라 사향 배꼽을 태운 듯
해마다 춘풍의 면목을 여전히 갖추는지라
은자의 옛길 찾고픈 맘을 불러일으키네

삼색도
三色桃

현호정

위즈덤하우스

1

　태애(太愛)는 향(珦)과 낮에 함께하고
싶었다. 밤에 만나 행한 일은 자고 나면
꿈처럼 느껴지니까. 자신의 몸 위를 덮어 누른
채 숨을 몰아쉬는 향의 몸. 몸의 냄새와 몸의
온도와 몸의 무게⋯⋯.

　촛불을 켜는 건 금지되어 있었다. 태애와
향의 잠자리는 그렇고 그런 여자와 남자의
교합이 아니라 훗날 한 나라의 왕이 될 세손을

생산하는 중대사였으므로, 수반하는 규칙도 적지 않은 터였다. 허나 향과 태애도 각각 세자와 세자빈으로 지닌 권위가 있을뿐더러, 아직 어려 살이 뽀얗고 침과 땀이 맑은 두 상전의 함께함을 인간적으로 귀히 여기는 나인들이 많았으므로 초 하나쯤 밝히는 일이야 묵인될 수 있었으련만, 문제가 되는 건 향의 근엄함이었다. 입을 맞추거나 등을 쓰다듬기는커녕 향은 태애와 눈조차 마주치지 않으려 했다. 처음 접하는 남자의 몸이 큰 말의 몸처럼 이상했던 태애가 손을 뻗어 어깨뼈를 눌러보거나 하면 향은 한숨을 쉬며 그 손을 붙들어 제자리에(그가 생각하는 성교 시 여자 손의 제자리는 본인의 엉덩이 양옆이었다) 가져다 두었다. 하지만 향이 이 모든 일을 자신의 뜻대로 위엄 있게 마무리한 적은 한 번도 없었는데, 태애가 말을 잘 듣지

않기 때문이기도 했지만 향부터가 자신의
쾌감을 제대로 상대하기에는 너무 젊었기
때문이었다. 몸이 달아오름에 따라 자기도
모르게 태애의 젖가슴을 쥐었다가 놀라고는
체념한 듯, 혹은 되레 당당하기 위하여 그
쥔 손에 더욱 힘을 주는 것, 평소 잘 열리지
않는 입술이 열리며 나지막한 신음이 새어
나오자 황급히 태애의 젖은 목덜미에 자기
입과 코를 파묻어 소리의 출처를 봉해버리는
것, 사실상 이 자리의 목적인 사정을 늦추기
위해 부러 움직임을 멈추고 짐짓 태애의
자세를(어느샌가 그녀의 손은 다시 향의 어깨나
허리 위에 올라가 있었다) 고쳐주는 것 따위,
향의 세자답지 않은, 그래서 향다운 행동들을
태애는 다 이해하고 있었다. 그럴 때면 태애는
기쁨을 느끼는 향을 위로해주고 싶었다.
잘못을 저지른 아이를 안는 어미의 심정으로

동갑내기인 향을 꽉 껴안으면 향은 곧바로
파정했다. 그리고 크게 화가 난 사람처럼
태애로부터 등을 지고 누웠다.

그러면 태애는 그 등에 붙어 밤을 꼬박
새웠다. 잠들었다 깨면 향은 여기 없을
터였다. 고요한 새벽, 서늘해진 금침에서 홀로
눈뜬 태애가 덜컥 외로움에 질려 눈곱을 떼는
둥 마는 둥 자선당 뜰로 나가면 향은 벌써
의관을 정제한 채 나무 위에 올라앉은 새처럼
멀찍이서 태애를 흘깃 내려다보다, 태애가
말이라도 붙이려 다가서면 휙 돌아 휘적휘적,
이번에는 아예 보이지도 않는 곳으로
가버렸다.

"저하께서는 어쩜 저리 무정하실까요."

세자가 어릴 적부터 궁에서 지켜보아
왔다던 머리가 희끗희끗한 지밀상궁이 태애를
달래려 짐짓 그의 흉을 볼 테다. 그러면

태애는 조용히 고개를 저으며—.

"저하께서는 무정하신 게 아니야. 저하는 정을 두려워하신다."

"두려워하신다고요? 왜요?"

"그야 나도 모르지!"

투정하듯 두 다리를 뻗고 앉아 부러 톡 쏘는 소리를 내었다. 상궁이 방망이 두 개를 들듯 익숙하게 젊은 여상전의 두 다리를 집어 들어 다시 바르게 굽혀두며 그러니 얇은 얼음을 밟는 마음이라고 하지 않습니까, 하였다.

"얇은 얼음을 밟는 마음?"

"상왕께서 아직 젊으실 때, 그러니까 양녕대군 나리께서 세자의 자리에 계셨을 때 말입니다. 창덕궁이 지어진 것을 축하하는 연회에서요. 상왕께서 술에 취하시어 신하들과 함께 글을 지으셨는데 거기 이런 글귀가 있었다지요."

"임금이 위(位)에 있어 어찌 얇은 얼음을 밟는 마음을 잊으랴."

태애는 조용히 중얼거렸다. 당시 아버지 곁에 앉았던 아홉 살 충녕대군은 그로부터 열세 해가 흐른 뒤 세자 자리에서 내쳐진 큰형 양녕 대신 세자가 되었고, 왕이 된 후 자신의 아들인 향을 세자에 봉하며 다시 이 구절을 전했다. "어찌 얇은 얼음을 밟는 마음을 잊으랴." 향이 태애와의 초야에 처음이자 마지막으로 눈을 맞추고 건넨 이야기도 그것이었다. "빈궁, 저는 그 마음을 잊어서는 아니 됩니다."

열여섯 아기씨이던 태애는 향이 자신에게 왜 이런 이야기를 하는지 알 수 없었지만, 하늘 같은 지아비이자 세자 저하께서 하시는 말씀이니 그저 힘차게 고개를 끄덕였더랬다.

그리하면 갸륵하게 여겨 아껴주실 줄 알고. 그보다 이제 곧 치르게 될 거사에 대한 호기심으로 심장이 터져버릴 것 같은 데다 친영례에 동뢰연까지 기나긴 가례의 무수한 예식들을 거치며 완전히 진이 빠져버린 터. 어서어서 모든 머리 장식과 옷가지 들을 훌훌 벗어던지고 알밤 같은 알몸이 되어 저 품에 숨듯이 안겨 한잠 꿀같이 자고 싶다는 생각뿐이라……. 허나 향의 그 말이 곧 왕이 될 자신에게 따뜻함을 바라지 말라는 의미임을 알았더라면 아무리 잠이 쏟아져도 그의 팔을 붙들고 제대로 까닭을 묻고 따져 끝까지 자신의 생각을 이야기했을 텐데. 태애는 말로 하는 일에는 자신이 있었다. 그러나 초야 이후 향과 마주 앉아 대화다운 대화를 나눌 기회는 좀처럼 찾아오지 않았다. 향은 혼인한 적 없는 것처럼 공부와 일에만 전념하며 지내다

전하나 중전 마마의 꾸지람을 듣고서야 겨우
한 번 찾아와 몸을 맞대고 잠시 눈을 붙이고는
파루를 알리는 북소리가[1] 시작하기도 전에
태애만 남겨두고 가버렸으니.

그마저도 이제는 얼마 전 일인지 손에
꼽기도 부끄러울 만큼 까마득한 옛날이
되었다. 향과 태애가 열여덟이 되던 해 예조의
아룀으로 세자에게 세 명의 승휘가 생긴 뒤,
세자는 아예 빈궁 쪽으로 발길을 끊어버렸기
때문이었다.

"하나같이 못난 년들뿐이던데!"

태애는 자주 길길이 뛰며 화를 내었다.
억울하고 분통이 터진다는 것이었다. 한
년은 두꺼비, 한 년은 살모사, 한 년은
까마귀 하는 식으로 정 승휘와 홍 승휘와
권 승휘를 낮추어 불렀는데, 또 그 말을
듣고서 가만히 그들 얼굴을 뜯어보면

정말 터무니없는 소리라고는 말할 수 없는
것이었다. 게다가 태애의 미색이 몹시 빼어난
탓도 있었다.[2] 모난 곳이 하나도 없었다.
희고 둥근 얼굴은 자그만 달이나 흰 옥으로
깎은 구슬 같았고 길고 가는 눈썹은 붓으로
그린 듯 말끔하였으며 눈과 코를 이루는 선
또한 그러하였다. 시선이 오래 머물며 더욱
특별한 인상을 남기는 입술은 붉은 꽃잎처럼
가운데가 볼록하고 양옆이 산뜻하게 올라가는
모양이었는데 그 모양도 모양이지만 색채가
절묘해 그 위에 입술연지를 바르면 오히려
안색이 삽시간에 노르칙칙해졌고 화가 난
태애가 손등으로 벅벅 문질러 지우고 나면
본래의 말간 얼굴빛이 돌아오는 것이었다.
버들가지처럼 낭창낭창한 몸매도 그랬다.
주름 잡고 부풀리고 길게 늘어뜨려 멋을 부린
옷가지들을 하나하나 벗고 알몸이 되었을

때 가장 예뻤고 속속곳에 속적삼만 입은 게
그다음이었다. 그마저 땀으로 촉촉이 적셔
절반쯤 투명하게 만들어서는 여름밤 하얀 떡
반죽처럼 나른히 누워 있자면 어린 궁녀들은
구실을 꾸며 괜히 다가와 한 번 더 그 맵시를
바라보다 가곤 하였다.

　태애는 늘 궁녀들에게 선망의 대상이
되었지만 가끔 흠모의 대상이 되기도 했다.
스물다섯이 된 태애는 그 시선의 차이를 얼추
알아차렸다. 궁에서만 10여 년을 지냈으니,
외로운 궁녀들끼리 비밀리에 짝을 지어
서로를 쓰다듬고 위로하기도 한다는 이야기도
더 이상 새로울 것 없어진 터였다. 사내가
보듯 나를 보는 나인들이 있다며 철없이
수다를 떨어 그들이 감찰상궁에게 매를
맞도록 하는 일은 이제 더는 없었다. 태애는
궁녀들을 아꼈고 그 궁녀들을 특히 더 아꼈다.

그러나 그들을 어떤 식으로 특별하게 대해야
할지는 몰랐다. 그들을 데리고 무엇을 하며
놀아야 할지 전혀 알 수 없었다. 정인으로
삼기에는 너무 작았고 인형으로 삼기에는
너무 컸다. 태애는 그들을 종종 따로 불러
곁에 앉히고 손을 잡고 껴안았다. 단 과자를
주어 먹게 하기도 했다. 그러면 그들은
과자를 잘 먹지 못하고 얼굴이 빨개진 채
쩔쩔맸다. 옆에서 작은 엿 하나를 입에 넣고
빨며 지켜보던 태애는 이상하게 여겼고
서운하게 여기기도 했으나 좋은 것을 억지로
먹으랄 수도 없는 노릇인지라 직접 갈무리해
두었다가 심심할 때 또 꺼내 먹곤 했다.

그들이 과자를 제대로 먹지 못한 이유를
알려준 사람은 소쌍(召雙)이었다.
소쌍은 세자궁 궁녀로 태애보다 네

살 위였다. 키가 커서 골격이 사내인 향과 비슷한 정도였는데 향과 달리 목덜미가 가늘고 팔뚝을 만져보면 말랑거렸다. 아주 어릴 때 궁에 들어와 아는 게 많고 일을 잘할 뿐 아니라 남을 돕기를 좋아하였으므로 어린 궁녀들이 쉬이 믿고 의지하였다. 어린 궁녀들은 특히 소쌍 품에 안겨 울기를 즐겨 하였는데 소쌍도 딱히 밀어내지 않았다. 나이 많은 상궁들도 매사 일 처리가 똑 부러지는 소쌍을 어려워하거나 신뢰하는 마음으로 소쌍의 일에 굳이 간섭하지 않아, 궁 안의 여자들은 사실상 전하의 여자가 아니라 다 소쌍의 여자라는 우스갯소리도 들려오곤 했다.

태애는 처음 세자빈이 된 직후부터 소쌍이 자신을 바라보는 시선의 묘함을 느꼈다. 그러나 궁에서 10년을 보내는 동안

한 번도 소쌍을 따로 불러 과자를 먹인 적은 없었는데, 말로 설명하거나 꼬집어낼 수 없는 두려움 때문이었다.

그것은 추락을 두려워하는 마음 같기도 했고 질병을 두려워하는 마음 같기도 했다. 불 앞에서 뜨거움을 두려워하는 마음 같기도 했고 겨울 앞에서 추위를 두려워하는 마음 같기도 했다. 그것은 어떤 예감이었는데 곧 큰일이 벌어질 것 같다는, 결코 예전으로 돌아갈 수 없으리라는 예감이었다. 그러므로 그것은 죽음을 두려워하는 마음과 닮아 있었다. 소쌍과 함께 죽거나 소쌍으로 인해 죽게 되리라. 그런 생각에 빠져 있다 보면 태애는 예의 그 '얇은 얼음을 밟는 마음'을 말하던 향의 표정을 떠올리게 되었다.

언젠가부터 태애는 소쌍이 보이면 피하고, 소쌍이 말을 걸면 돌아앉았다. 그러니 나인과 내관 들은 소쌍이 세자빈 마마가 막 입궁하셨을 때부터 마마를 하도 혼을 내 마마께서 소쌍을 두려워하시는 것이라며 태애 앞에서 소쌍을 마구 꾸짖는 척하고, 앞으로는 마마께서 늦잠을 자거나 실수를 하셔도 모른 척 넘어가고 감싸드리라고 우스갯소리를 했다. 그러면 소쌍은 소쌍대로 영문을 모르는 소눈이 되어 끔벅거리고, 흰칠한 이마를 더 조아리며 반성하는 것이었다. 그러면 태애는 어쩔 줄 몰라 하다 나중에 사위가 조용해지면 아까 그런 장난을 한 이들을 불러다 내 그런저런 일로 소쌍을 두려워하는 게 아니니 앞으로는 소쌍을 놀리지 말라며 주의를 주었다.

"소쌍은 내가 갓 입궁해 매사에 서툴고 어릴 때에도 내 잘못을 짚거나 고치라 한 적이 없었느니라."

"그렇다면 마마께서는 어찌 그리 소쌍을 두려워하고 피하십니까?"

"그것은 다른 이유가 있느니라."

"다른 이유요?"

차마, 소쌍과 같이 있으면 무언가 피할 수 없는 큰일이 일어날 것만 같은, 그런 일을 스스로 저질러버릴 것 같은 막연한 불안감이 든다고는 말할 수 없었다. 창피하기도 했거니와 소쌍에게 괜히 불똥이 튈까 저어되었다. 그냥 이렇게 멀찍이 지내다 보면, 서로의 자리에서 서로의 책임에 전념하다 보면 차차 나아지겠지, 하는 마음이었다.

하지만 소쌍이 권 승휘가 친정에서 데려온 사비 단지(端之)와 정을 나눈다는 이야기를[3] 전해 들었을 때, 모든 것은 달라졌다.

사실상 달라진 것은 태애의

마음뿐이었지만 그것만으로 충분했다.

연못가를 거닐던 태애가 순간적으로 눈에 흰자위를 보이며 휘청였다. 태애는 발밑이 꺼져 그만 물에 빠질 것처럼 흔들렸다. 저들끼리 조잘대던 궁녀와 내관 들이 모두 놀라 태애를 붙들었다.

"마마, 괜찮으시옵니까?"

곁에 있던 누군가 말을 걸어왔지만 태애는 거의 들리지 않았다. '권 승휘의 사비라고?' 태애는 숨을 몰아쉬었다. '단지라는 그 이름 또한 망측스럽다.' 태애는 가슴속에서 불이 이는 것 같은 열감을 느꼈다. 불은 어깨까지 뻗쳐올라 목과 머리통을 뻐근하게 했고 또 아래로 내려가며 장기들을 하나하나 오그라뜨렸다. 작열감은 해가 지고 사방이 어두워질수록 더해졌다. 태애는 자리에 앉아 파들파들 몸을 떨었다. 나인들이

찬물을 떠 오고 이마에 수건을 올려주었지만 그들이 야단을 떨수록 흥분은 더욱 심해질 뿐이었다. 태애는 마침내 자리에 앉아 있을 수조차 없게 되었다. 자분자분 바닥을 밟으며 서성이면서, 태애는 7년 전 향이 세 명의 승휘를 들일 것이라는 소식을 처음 들었을 때와 권 승휘가 향의 아이를 임신했을 때를 떠올렸다. 그때 태애가 꼭 이러하였으므로, 태애는 지금 자신이 질투를 하고 있는 것임을 드디어 알았다. 이제껏 소쌍과 눈을 마주했을 때 느껴온 불편함과 그 기이한 감정에 대해서도 비로소 다시 돌이켜보게 됐다. '그러나…….' 태애는 피가 나도록 입술을 깨물고 손톱을 물어뜯었지만 스스로 답을 내릴 수는 없었다. 아무리 생각해도 확인할 길은 딱 하나뿐이었다.

"여봐라, 게 누구 없느냐."

"예, 마마. 여기 있사옵니다."

"가서 소쌍을 데려오너라."

그날 밤, 소쌍과 태애와 다과상은
삼각형을 그리며 놓였다. 태애가 태연한
척 다과상으로 다가앉아 과자 하나를 집어
소쌍에게 내밀었다. 소쌍은 받아 들고 먹지
않았다. 태애는 작은 엿 조각 하나를 집어
들어 입에 넣었다. 천천히 빨려는데 입술이
떨리고 혀가 뻣뻣이 말을 듣지 않아 그만
엿 조각이 툭 입 밖으로 튀어나와 떨어지고
말았다. 태애의 얼굴이 달아올랐다. 소쌍이
날숨 같은 웃음을 내뱉고는 다가와 젖은
엿 조각을 주워 들어 자신의 입에 넣었다.
태애는 살면서 이렇게 당황해본 적이 정녕코
없었다. 너무 놀라 자기도 모르게 손을 뻗으며

내 엿이다, 하였다. 소쌍은 싱긋 웃으며 엿
조각을 질끈 깨물어버렸다. '어……' 태애의
손이 툭 떨어지자 소쌍이 그 손을 잡고 자기
쪽으로 슬쩍 당겼다. 태애는 무릎걸음으로
걸어 소쌍에게 다가가며 자신이 아무런 저항
없이 끌어당겨지고 있다고 착각했다. 부푼
치마 두 채가 맞닿더니 한 채처럼 포개졌다.
태애는 어느덧 소쌍의 품에 안겨 있었다.
이것까지는 태애가 다른 궁녀들과도 해본
일이었으므로 괴이할 것은 없었다.

　괴이한 일은 소쌍이 천천히 태애의
입술에 자신의 입술을 가져다 댄 것이었다.
더욱 괴이한 것은 그 상태로 입술을 열고 혀를
꺼내 태애의 입안으로 밀어 넣은 것이었다.
하얘진 머릿속으로 태애는 자신이 처음 궁에
들어오던 날 소쌍을 보고 예감한 큰일이 바로
지금 일어나고 있음을 깨달았다. 깨달으면서,

태애는 소쌍의 어깨를 만졌다. 소쌍은
저지하지 않았다. 소쌍은 태애의 귀를 만지고
있었다.

어느새 밖이 파랗게 밝아왔다. 널브러진
태애의 귀에 대고 소쌍이 뭐라 뭐라 말을
했지만 태애는 조금 웅얼대다 그대로
잠들어버렸다.

"마마, 소인은 이만 가봐야 합니다."

소쌍은 몇 차례 더 말을 건네다 이내
포기하고는 옷을 입고 나갔다.

어떤 날에는 달거리가 있었다. 소쌍이
할 때도, 태애가 할 때도 있었고 그런 밤에는
주로 이야기를 나눴다. 태애는 단지에
대해 자꾸 캐물었다. 태애가 소쌍을 종종
불러들이게 된 뒤에도 소쌍이 계속 단지를
만난다는 소문을 심심치 않게 전해 듣고 있던
터였다. 사람을 붙여 둘이 만나지 못하게 해도

소용없었다. 궁궐의 규칙과 빈틈에 대해 가장 잘 아는 이는 소쌍이었다. 태애는 울화가 치밀거나 절망이 깊어지면 몸의 떨림을 멈출 수 없었고, 떨면서 단지를 죽여야겠다는 생각까지 했다. 그러나 그 행위가 불러일으킬 후사와 오해가 두려웠다. 2년 전 권 승휘가 낳은 아기가 몸이 약해 1년을 채 살지 못하고 죽었을 때에도 사람들은 태애의 탓을 찾지 않았던가. 태애는 억울했다. 권 승휘의 임신 소식을 들었을 때 태애가 한 일이라고는 궁궐이 떠나가라 통곡한 것뿐이었다.[4] 전하와 중전 마마께서 그 소리를 듣고 놀라 태애를 불러 위로하고 향을 불러 꾸짖었을 만큼 커다란 울음이었다. 권 승휘의 사람들은 아기가 일찍 태어난 것이나 일찍 죽은 것을 그 울음 탓이라 여겼다. 궁은 슬플 때 속 시원히 울 수도 없는 자리였다. 그러니 가능하다면

자신을 괴롭게 만드는 것을 잊어버리고
그것으로부터 자꾸만 멀어지려 노력하는
것이 마땅할 텐데 태애는 자꾸 반대로만 구는
것이었다. 피가 나는 상처의 딱지를 일부러
벗기고 피멍을 꾹 눌러보는 마음으로 태애는
소쌍에게도 계속 단지의 이야기를 꺼냈다.
소쌍은 술술 대답할 때도 있었고 입을 꾹 다문
채 자는 척만 할 때도 있었다. 그러면 태애는
아무렇지 않은 얼굴로 미소를 띠기도 했고
발광을 하듯 소쌍의 몸을 흔들며 자기 머리를
헝클고 소리를 칠 때도 있었다.

　　그럴 때면 태애는 큰 사랑이라는 뜻의
자기 이름을 원망하였다. 사랑이려면 고이
사랑일 것이지, 커서 좋을 게 무에란 말인가.
크면 큰 만큼 무겁고, 무거운 만큼 버겁기
마련이었다. 태애는 갈수록 살이 빠져
몸집이 자그마해졌다. 얼굴에도 언뜻언뜻

뼈가 드러났으나 젊은 탓인지 미모 탓인지
그마저도 처연하고 고왔다.

마침내 손가락 하나 까딱할 수 없을
만큼 지치면 태애는 소쌍을 들볶는 것을
그만두고 다른 얘기를 시켰다. 네가 하고
싶은 얘기를 무엇이든 하라고 태애는 말했다.
소쌍은 자신의 가정사나 어린 시절 얘기를
꽤 허물없이 하는 편이었는데 그것이 귀해서
간직해야 한다는 인식 자체가 없었던 터였다.
그러나 태애가 듣기를 원하는 것은 태애가
모르는 시절의 소쌍의 이야기가 아니었다.
그것은 지금 저잣거리를 돌아다니는 다른
꼬마 여자아이들 이야기와 다를 바가 없었다.
태애가 원하는 것은 지금의 소쌍이 보고
듣는 것들이었다. 그러나 그런 것들에 대해
이야기하는 것을 소쌍은 지루해했다.

그래서 언젠가부터 소쌍은 태애에게

들려줄 이야기들을 수집했다. 밤의 궁궐에 나타난다는 맹수나 귀신 이야기 따위를 소상히 외워 와 아뢰었다. 전하의 동생이신 성녕대군께서 두창으로 세상을 떠나던 날 밤, 궁궐 담을 넘어 나가는 두신(痘神)을 보았다는 이야기는 워낙 유명해 태애도 이미 전해 들은 것이었지만 소쌍이 마치 자기가 그 자리에 있었던 것처럼 열심히 이야기하므로 모르는 척해야 했다.

"집집마다 돌아다니며 두창을 옮기는 두창 귀신인지라, 그 자신도 두창에 걸린 것인지 고름으로 얼룩얼룩한 소복을 입고 있다 합니다. 허나 외양이 지저분할 뿐 누가 말을 걸면 사람처럼 대답하고 태도가 살갑기도 하여 귀신인 줄 모르고 그저 떠돌이 거지나 미친 여자처럼 보이기도 한다지요."

"그러면 귀신인 줄 어떻게 알아보아야

하느냐?"

"소인도 자세히는 모르오나, 귀신은
사람이 하는 것과 반대로 행동하곤 한다고
하지 않습니까. 그리하는 것을 보면 알 수
있지 않을까요."

"그도 그렇겠구나."

"또한 두창에 감꼭지를 끓여 만든 차가
약이 되므로 감꼭지를 보여주면 두려워
도망가기도 한다지요. 하여……."

소쌍은 쑥스러운 듯 소매에서 감꼭지
하나를 꺼내 태애에게 내밀기까지 했다.
태애는 소쌍이 하는 양이 우스워 깔깔 웃으며
그것을 노리개에 매달았다. 그리고 그 감꼭지
노리개를 다시 소쌍에게 내밀었다. 소쌍은
고개를 저으며 웃었으나 태애가 그것을 굳이
소쌍의 허리춤에 달았다. 그 뒤로 소쌍은
태애를 만날 때면 늘 감꼭지 노리개를 차

태애를 뿌듯하게 했던 것이었다.

　허나 얘기가 이리 이어지는 날은 드물어, 태애는 소쌍이 하는 이야기의 절반은 흥미롭게 들었고 절반은 노력이 가상해서 흥미로운 척하며 들었다. 소쌍이 코끼리 이야기를 꺼냈을 때에도 태애는 권태를 감추기 위해 하품을 참던 차였다.

　"몸집이 어찌나 큰지 어지간한 기와집 한 채보다 더 커다랗다고 합니다."

　"네가 어느 안전이라고 거짓을 고하느냐. 조선 땅에 그런 동물이 난다는 말은 내 들은 적이 없다."

　"조선 땅에서 난 동물이 아니라 합니다."

　"조선 땅에서 난 동물이 아니라?"

　"예. 상왕께서 왕위에 계실 때 왜에서 바친 것이라 하옵니다.[5] 하오나 그 땅에서 난 동물은 아니옵고 또 바다 건너 어디서 받은 것을 상왕께 바쳤다, 그리 들었나이다."

"그런 것을 왜 바친다는 말이냐?"

"상왕께서 부처님께 바치시는 뜻이
크셨으니, 코끼리가 부처님과 가까운
동물이라 바친 것이 아닐는지요."

"그 코끼리란 동물이 부처님과 가까워?"

"부처님께서 태어나실 적에 태몽이
코끼리였다 하옵니다."

'태몽이라.' 태애는 문득 어떤 기억이
떠올라 정신이 퍼뜩 들었다. 어머니가
자신의 태몽에 관해 이야기하던 일이었다.
집채만 한 동물이 가랑이 사이로 꾸역꾸역
파고들었다 하였는데 어떤 짐승인지 도통
알 수 없어 괴물인가 보다 하고, 차마 괴물을
몸에 품는 꿈을 꾸었다고는 할 수 없어서
집안의 다른 사람들에게는 다른 꿈을 지어내
이야기했다지. 열매만큼 큰 분홍빛 복숭아꽃

하나가 툭, 손바닥 위로 떨어졌노라고.

아버지가 그 태몽을 특히 마음에 들어 하여
태애를 안고 어를 때마다 동글동글 복숭아
애기라 노래까지 지어 불렀다 했다. 나중에
태애의 입궁이 정해지고 집을 떠날 날이 얼마
남지 않았을 때 어머니는 태애를 조용히
불러 긴히 이야기했더랬다. 너를 잉태하느라
꾼 꿈이니 너만은 진실을 알아야 하지
않겠느냐며, 어머니는 종이 한 장을 펼쳐
커다란 동물 하나를 그려 보여주고는 금세
촛불을 붙여 태워버렸다. 어찌나 금방이던지
태애는 그림을 제대로 살필 새도 없었다.
그것의 코가 길고 귀가 쟁반처럼 커다랬다는
것밖에는 기억나지 않았다.

　"그 코끼리란 것이, 1년에 콩을 수백
석이나 먹었다고 합니다."

　"더 주면, 더 먹었을 수도 있다."

어느새 태애는 코끼리의 편에서 이야기하고 있었다.

"콩도 콩이나, 공조판서 이우를 밟아 죽여 장도로 유배를 갔다고 하던데요."

"짐승이 유배를?"

"예."

"사람을 밟아 죽였다고?"

"예."

"괴이하다."

"공조판서 이우가 코끼리 앞에서 '뭐 저런 추한 몰골이 있냐'며 비웃고 침을 뱉었다 합니다."[6]

"저런. 아무리 추하다 해도 그렇지 사람 면전에 그런 말을."

"사람이 아니지 않습니까."

"사람이 아니라 해도."

태애는 미간을 찌푸렸다. 소쌍이 고개를

숙였다. 태애는 계속해서 어머니의 코끼리 그림을 떠올렸지만 쫓아갈수록 멀어지는 꿈속의 정인처럼 집중할수록 흐릿해지기만 했다. 흐릿해질수록 그에 관한 갈망은 커져서 태애는 벌떡 일어나 앉기까지 했다. 몸이 다시 뜨거웠다. 소쌍도 엉겁결에 함께 일어나 앉았다.

"불을 켤까요?"

"두어라."

"찬물을 들이라 할까요?"

"되었다. 코끼리 이야기나 계속해봐."

태애가 심장을 누르며 들은 이야기란 다음과 같았다. 유배를 간 코끼리는 좀체 먹지를 않아 날로 수척해지고 사람을 보면 눈물을 흘린다는 상소문이 올라왔다고 했다. 상왕께서 상소문을 읽고 가엾게 여겨 코끼리를 다시 전라도의 육지로 돌아오게 하였는데,[7] 그 먹는 양을 감당하기 어려워 전라, 충청, 경상 3도가 순번 사육을 하게 되었다고 했다.[8] 그러다 상왕께서 지금의 전하께 왕위를 물려주신 후 3년이 지났을 때, 공주에서 코끼리가 또 사람을 죽였고, 충청도 관찰사는 다시 코끼리를 섬으로 유배 보내자는 상소를 올렸다고. 전하께서는 물과 풀이 좋은 곳으로 코끼리를 두라 명하시며 제발 병들어 죽지 말게 하라고 이르셨다지.[9]

"그래서 그 뒤로 코끼리는 어디서 산다 하느냐?"

"그것이, 그 뒤로……."

"설마."

"마마, 제게 귀를 가까이 대어보세요."

이미 얼마간 꼭 붙어 앉아 나누던 이야기였으므로, 태애가 고개를 돌리느라 둘의 코끝이 스쳤다. 태애는 소쌍의 코끝을

차갑게 느꼈고 소쌍은 태애의 코끝을
따뜻하게 느꼈다.

"전하께서 어떤 분이십니까."

"갑자기 그것을 왜 묻느냐."

"인자하고 자애로우신 분 아닙니까.
부처님께 정성을 들이기로는 상왕 전하
못지않으시고요."

"해서?"

"창덕궁 후원에 코끼리를 두고 궁인 몇
사람으로 하여금 비밀스레 보살피게 하신다
들었습니다."

"뭐라? 창덕궁 후원에?"

"작은 집을 닮은 우리를 지어주고
처음에는 거기 묶어두었으나 그것이
신통하여 어느 구역 밖을 벗어나지 않고,
돌아다니다가도 밥때가 되면 돌아와 밥을
찾아 먹고 밤이 되면 제집으로 들어가 잠을

자니 이제는 밧줄을 아주 풀어둔다 합니다."

"신통하구나."

"어찌나 조심스러운지 꼭 사람이 낸 길로만 걷고, 좁은 데선 발끝으로 걸으며 작은 나무 한 그루 쓰러뜨리는 법이 없다고 합니다."

"관세음보살……. 가엾고도 기특하다. 헌데."

"예, 마마."

"너는 그런 이야기를 어디서 누구에게 들었느냐? 분명 비밀 중의 비밀일 텐데."

짚이는 데가 있어 물은 것은 아니었다. 하지만 묻고 나니 갑자기 짚이는 데가 생기며 심장이 다시 매우 빠르게 뛰었다. 여자의 직감이란 그런 것인지. 태애의 손가락 끝이 차가워지며 떨리기 시작했다.

"그년이 해준 말이로구나. 그렇지."

"……."

"왜 대답을 못 해. 단지 그년과 나눈
얘기로구나."

소쌍은 고개를 돌렸다.

"촛불을 켜라."

태애의 말에 소쌍이 천천히 곁에 있는
초에 불을 붙였다. 후회의 기색이 가득한
소쌍의 얼굴이 눈앞에 둥실 떠올랐다.
담백하고 정직한 성품이 그대로 드러나는
골격이었다. 그 모습을 마주하자니 마음이
약해져 태애의 분노나 질투는 처연한
슬픔으로 박동을 바꾸었다. 소쌍이 대답하지
못하는 것도 이해가 갔다. 왕실의 기밀을
여기저기 떠들고 다녔다는 죄목으로 쥐도
새도 모르게 죽여 없애도 할 말이 없을 무거운
이야기였다. 단지가 아니라고 말하려면 다른
누구의 이름을 대야 했다. 허나 누구라 말할

것인가. 태애가 마음만 먹으면 누구든 목숨이
위태로울 터. 자신 때문에 누군가 죽을 수
있다는 생각에 소쌍의 창백한 얼굴이 더욱
파리해졌다. 주목한 적 없던 기미와 주근깨
같은 것들이 눈에 들어왔다. 태애는 또 어머니
생각이 났고, 그만 고개를 돌려 다른 곳을
바라보았다.

"탓하려는 게 아니다."

태애는 힘 빠진 목소리로 말했다.

"사연을 잘 아는 이에게 길을 물어 한번
보러 가고 싶어서 그랬다."

"코끼리를요?"

"그래."

"⋯⋯아마 힘들 것입니다."

"가려면 몰래여야겠지. 밤중에, 담
넘어서."

"담을 넘어서요?"

"그래. 자선당 동쪽 담을 넘어 이궁 쪽으로 걸어가는 것이다. 요금문으로 들어가거나 그 북쪽으로 또 담을 넘거나 해야겠지."[10]

"변장을 해야겠군요."

"암, 해야지."

어느새 둘은 웃고 있었다. 누가 먼저였는지는 알 수 없었다.

"너는 키가 크고 하니, 사내 옷을 입어도 쓰겠다. 아, 네게는 별감 옷도 있질 않으냐."

태애가 소쌍과 잠자리할 때 장난삼아 입히곤 한, 따로 마련해 감춰둔 별감 옷을 일컫는 것이었으므로 소쌍은 다시 웃었다.

"단지 그것은 무엇으로 변장을 시켜야 하나. 꿀단지로 할까, 소금 단지로 할까."

이 농에는 소쌍이 웃지 않았다. 태애도 웃지 않았다. 한편 태애는 마음이 다시 차분해지고 진정되는 것을 느꼈다. 살겠다

싶어 크게 날숨을 내뱉고 들숨을 쉬었다.

"마마의 말은 어디서부터 어디까지가
농이고, 또 어디서부터 어디까지가 진담인지
모르겠습니다."

"나도 모르겠구나."

"만약에 말입니다."

"……."

"진정 단지와 함께 가도 괜찮으시다면
제가 그것에게 말을 전해놓을 수 있습니다."

"……."

"그것이 앞서 길을 안내하고, 제가 마마를
보위하고, 마마께서는……."

"나는?"

"커다란 코끼리를 보시는 겁니다."

모두에게 위험한 일이 될 수 있다는
생각은 어쩐지 전혀 들지 않았다. 태애는
다만 설렜다. 하여 일부러 고민하는 양 말을

둘러대었다.

"단지 그것이 한다고 할까?"

"한다고 할 것입니다."

"권 승휘에게 일러바치거나 하지는
않을까?"

"제 목숨이 달린 일인데요."

그 '제'란 게 단지를 가리키는 것인지
소쌍 본인을 가리키는 것인지 태애는 짚어
물어보고 싶었지만 그러지 않았다. 어느
쪽이든 맞는 말이었고 둘 다에 해당하기도
했다.

"조심히 다녀오면 될 거야. 그렇지?"

한참 만에 태애가 입을 열었다. 소쌍이
작게 고개를 끄덕였다.

"얇은 얼음을 밟는 마음으로요."

2

"단지는 이상한 구석이 많은 아이입니다."

마침내 코끼리를 보러 가기로 한 날이었다. 해가 지기를 기다리며 짐을 꾸리던 소쌍이 말했다. 딴은 한 번도 만나 이야기를 나누어본 적 없는 태애와 단지의 관계를 조금은 부드럽게 만들어보고자 한 시도였을 터였다. 그러나 태애는 금세 기분이 나빠졌는데, 이상한 구석이 많다는 말은 태애도 친정에서 지내던 철부지 시절부터 세자빈이 된 지금까지 늘상 듣는 말이었기 때문이었다.

"넌 일전에 나한테도 그런 말을 하더니만, 그게 네 딴에는 귀엽다는 뜻으로 이 사람 저 사람에게 다 하고 다니는 말인 줄은 내 미처 몰랐구나."

"당치 않사옵니다."

소쌍이 이게 또 무슨 변고인가 황망해져
손까지 휘저었다.

"마마께서 이상하신 점과 단지 그것이
이상한 점은 아주 다르옵니다."

"어찌 그러하냐?"

"그것이……."

소쌍은 본디 자기가 느끼고 생각한 바를
말로 잘 표현하는 재주는 없었다. 나이가
많아지고 상전 대하는 경험이 쌓이며 보고
들은 것들을 능숙히 사용했으므로 일을
하는 데 어려움은 없었지만 이렇게 특별한
상황에서는 눈만 껌벅이는 소가 되기
일쑤였다.

"그것이?"

"단지는…… 뭘 묻거나 따지는 일이 거의
없습니다."

"그야, 종이질 않느냐."

"그도 그러하오나, 같은 종들끼리 있어도 마찬가지입니다. 생전 무얼 궁금해하는 법도 없고, 요구하는 법도 없이 누가 말을 하면 꼭 구름에 뜬 사람 같은 나른한 소리로 예— 하는데, 그렇다고 고분고분한 모양새도 아니라 이상합니다."

"고분고분한 모양새도 아니라?"

"예. 시키시니 하겠사옵니다, 라는 투가 아니라 꼭…… 나이 많은 계집애가 어린 동생 소꿉을 놀아주듯 그리한다는 말씀입니다."

"그 아이, 나이가 많으냐?"

"저보다 아홉 살 어리니 마마보다도 다섯 살이 아래입니다."

태애는 미간을 찌푸리며 단지의 얼굴을 떠올렸다. 한눈에도 어린 고양이같이 앙증맞고 깜찍한 것이 어딜 가나 눈에 안

뜨일 용모는 정녕 아니었던 기억이었다. 키는 다른 궁녀들보다도 머리 하나는 작아 뒤에서 보면 생각시와도 비슷하였다. 그러나 찬찬히 살펴보면 길고 가느다란 팔다리와 딴판으로 살집이 풍만한 몸통이라 가슴과 엉덩이가 크고 아랫배도 넉넉하여 힘만 따르면 담쑥 그러안아 묵직하게 들어 올려보고픈 충동을 일으키는 것이었다.

단지의 용모는 그런 충동을 더욱 부추겼는데, 눈꼬리가 치켜 올라가고 눈동자가 커다란 데다 귀와 코까지 조그맣고 뾰족해 영락없는 고양이였다. 인중이 짧아 윗입술이 약간 들려 입이 세모꼴인 가운데 작고 뾰족한 치아가 다소 고르지 않게 나 있었다. 단지는 통 웃는 법이 없었으므로 미소를 지을 때 그 눈과 코와 귀가 어찌 휘어지는지 아는 사람이 거의 없었는데 소쌍

또한 그에 관해 아는 바가 없었을 정도였다.

"오늘 밤 같이 가겠다 한 것도 그 성정 탓인가. 이래도 흥 저래도 흥, 신선이 인간 놀아주는 마음으로 같이 가는 것이려나."

"그래 보이지는 않았습니다."

"어찌 그리 생각하느냐."

"평소와는 기색이 좀 달랐으니까요."

"기색이 다르다?"

"좀 궁금해하는 것 같았습니다."

"코끼리를?"

"그게……."

"그게?"

"마마를 궁금해하는 것 같았습니다."

말하는 소쌍의 얼굴이 조금 붉어졌다 굳어졌다 하였으므로 태애는 자기도 모르게 깜짝 놀라 손을 멈추었다. '하기야, 그것도 여자고 나도 여자지. 그것도 여자와 밤을

보내고 나도 여자와 밤을 보내고. 그야
그렇지만 따지고 보면 그년과 나는 한
사람을 사이에 두고 치정 싸움 하는 사이가
아닌가.' 태애는 완전히 혼란스러워져 한동안
아무 일도 하지 못했다. 소쌍은 제가 따로
종이에까지 적어온 물건들을 어느새 다
챙기고 확인까지 마친 뒤 밖을 보며 앉아
있었으므로 일단 제 처소로 돌려보냈다.
이렇다 할 일이 없는데 그저 붙잡아두는
것은 소쌍에게 목이 졸리는 것과 비슷한
괴롭이라는 것을 알기 때문이었다.

"인경을 알리는 종소리가 끝나면 자선당
동쪽 담장 앞에서 만나자. 단지에게도 그리
전하라."

태애의 말에 소쌍이 예, 대답하고
뒷걸음질로 사라졌다.

혼자 남은 태애는 문득 앞에 놓인

시간들과 할 일들이 너무 버겁다는 생각에
눈앞이 아득해졌다. 비단 오늘 밤의 여정만을
말하는 것은 아니었다. 앞으로 살아갈
나날과 그 안에서 벌어질 일들이 조금도
흩어지거나 순서를 가지지 않고 한 덩이로
뭉쳐 태애를 짓누르는 것 같았다. 태애는
벌써부터 지쳐 잠깐 졸았고, 가위에 눌렸다.
꿈에 아주 무거운 동물이 가슴을 짓눌렀는데
코끼리였다. 태애는 코끼리를 본 적
없었으므로 꿈에서도 그 얼굴을 알지 못했다.
꿈속 코끼리는 집채만 한 몸집에 태애의
얼굴을 하고 있었다. 태애는 그것에 깔려
버둥댔다. 통행금지를 알리는 종소리에 겨우
깨어나자 이미 사위가 어두워져 있었다.

　　소쌍이 정말로 별감 옷을 입고 나타날
줄은 태애도 단지도 꿈에도 몰랐다.

태애가 구해 주었던 붉은 겉옷에 주황빛
모자에다가 친한 누구에게 따로 긴히 부탁해
마련하였는지 처음 보는 비단 향주머니에
칼집 달린 작은 칼까지 갖추어 찬 모습이
영락없이 교대 근무를 마치고 궁을 나서는
별감이었다. 예의 그 감꼭지 노리개도 잊지
않았다. 훤칠하고 맵시 있어 아름답기는
하였으되 태애의 눈에는 분명 어색하였고 또
소쌍의 태도가 정말 별감이라도 된 듯이 몹시
진지했으므로 태애는 차마 웃을 수 없었다.
시간을 좀 두고 뒤에서 따라오던 단지도
분명 약간 놀란 기색이었으나 전혀 웃지
않았으므로 끝까지 아무도 웃지 않고 소쌍의
복장을 받아들였다. 소쌍은 그제야 안심한 듯
옷매무새를 가다듬었다.

　　단지는 궁에 들어오기 전 입던 대로 여종
차림을 하고, 태애는 시집간 평범한 부인처럼

차려입기로 했으니 그것은 지켜진 터였다.
살빛을 닮은 은은한 분홍 저고리를 걸친
태애와 흰 저고리를 야물게 꿴 단지의 모습은
나란히 보기에 좋았다. 특히 소쌍은 생전
처음 보는 태애의 차림에 눈이 휘둥그레졌다.
꾸미지 않을수록 아름다움이 더해지는
태애였으므로 화려한 세자빈 차림을 했을
때보다 수수하고 단정한 차림인 지금이
훨씬 고왔던 터였다. 한편 단지 쪽은 제대로
돌아볼 수가 없었는데, 어쩐지 마음이 너무
아파졌기 때문이었다. 여기서든 저기서든
늘 종의 차림에 종의 역할. 소쌍은 아무도
몰래 마음속에서 태애와 단지의 차림을
바꾸어 입혀보았다. 태애는 종의 차림으로도
고왔으나 단지는 비단에 감싸인 채로도
어색하기만 하였다.

"양반댁 아녀자와 여종이 왜 이런 야심한

시간에 별감과 같이 밤길을 걷고 있는 것인지 누군가 물어오면 어찌한담. 할 말이 없지 않느냐."

태애는 혼잣말하듯 중얼거렸다.

"말을 못 하는 것이 아니라 안 하는 것인 양 굴어야지요."

단지의 조그맣고 또박또박한 말소리가 들려왔다. 소쌍이 말하던 식의, 나른하고 멍한 소리는 전혀 아니었고 오히려 낭랑하고 똑똑하게 들리는 소리였다.

"못 하는 것이 아니라 안 하는 것인 양 군다?"

"예. 누가 묻거든, 당신은 알 것 없다, 알면 다친다, 하는 식으로 아조 밀어붙여야 하옵니다."

똑 부러지는 대답에 태애는 자기도 모르게 웃어버렸다.

"네 말이 옳구나. 누가 물으면 꼭 그렇게 하자. 소쌍아, 너도 들었느냐?"

"들었사옵니다."

오히려 소쌍의 말소리가 맹하게 기어들어갔다.

담을 넘는 데에는 큰 공력이 필요하지 않았다. 셋 다 월담은 처음이었지만, 소쌍의 키가 워낙 큰 데다 미리 진짜 별감이나 친한 환관들에게 소년 시절 담 넘던 이야기들을 묻고 기억해둔 터라 차분히 태애와 단지를 담 뒤로 넘기고 자신 또한 담장을 훌쩍 뛰어넘은 것이었다. 태애는 두 번째 차례였는데 담의 이쪽저쪽에서 다 보살피는 자가 있어야 했기 때문이었다. 소쌍의 지시에 따라 소쌍의 무릎 위에 올려둔 소쌍의 손바닥을 밟고, 또 소쌍의 어깨를 밟고, 종래엔 소쌍의 머리통을 밟고 몸을 담 너머로 넘기자 아래서 그런 방식으로 먼저 넘어간 단지가 태애를 받아 안아 맨땅에 맨몸이 부딪치지 않게 하였다. 몸집이 작은 단지가 완력이 모자라 함께 널브러질 것이라 예상했지만, 태애의 다리를 꽉 안고 허리로 버티는 단지의 몸이 무척 튼튼하여 태애는 깜짝 놀랐다. 깜짝 놀라서, 자기도 모르게 디딜 땅을 보는 대신 단지의 얼굴을 보았더니 단지는 이까지 꽉 물고 버티고 있었으므로 태애는 기특하게 여기고 미안한 마음마저 들었다.

마침내 소쌍까지 담을 넘어오자 셋은 모두 궁 밖에 선 몸이 되었다. 태애는 평생 매달려 살던 나뭇가지에서 돌연 떨어져 공중에 뜬 봄날의 꽃송이처럼 어지러웠다. 분분한 몸과 마음을 도무지 어찌 가누어야 할지 알 수 없었다. 가누고 싶지 않기도 했다.

소쌍이 태애를 깨우듯 흔들었다. 태애는
창덕궁이 어느 쪽인지 가늠도 못 한 채로
엉거주춤 첫 발걸음을 내디뎠다.

시절은 초여름, 선선하고 촉촉한 바람이
살랑살랑 셋의 얼굴을 간지럽혔다. 달이
밝고 공기가 그윽하여 칠흑 같은 어둠은
아니었지만 궁 밖으로 나왔다는 긴장감에
눈앞이 깜깜하였으므로 태애는 문득 겁이 나
다시 멈추어 섰다. 소쌍이 소매에 접어 넣어
온 종이 초롱을 꺼내 펼쳐 불을 밝히고 태애의
앞을 비춰주었다. 그러자 태애는 자신들
주변이 환해진 것에 또다시 덜컥 겁이 나는
것이었다.

"내가 들게."

단지가 말하며 소쌍의 손에서 초롱을
넘겨받았다. '저것들끼리는 서로 말을 놓고
지내왔구나.' 태애는 자신의 가슴속에서도 저

초롱과 같이 작은 촛불이 피어오르기 시작한 것 같은 느낌을 받았다. 태애는 그것을 다독여 끄려 노력하였다. 오늘 같은 날 또 드잡이를 해서야 쓰겠는가. 소란을 일으켜 들키기라도 하면 큰일이었다. 한편 태애는 자기 가슴속 그 불꽃으로 말미암아 비로소 앞으로 나아갈 용기를 내기도 하였는데, 그런 방식으로 힘을 내는 게 아주 이상하다고 스스로 생각하면서도 그리 힘내기를 멈출 수 없었다.

단지는 벌써 저만치 앞서가고 있었다. 태애가 소쌍의 손을 잡자 소쌍은 차마 뿌리치지 못하고 엉거주춤 붙들린 채 나란히 걸었다. 그 마음을 눈치채고 한순간에 겸연쩍어진 태애는 그만 소쌍의 손을 놓아버리고 싶어졌으나 어쩐지 체면이 상하는 일인 듯싶어 꿋꿋이 계속 붙잡고 걸었다. 그러다 스스로 적당하다고 판단되는 시기에 슬쩍 손을 놓으며 너의 손에 땀이 많다 하니, 소쌍은 송구합니다 하였다. 팥을 많이 먹으면 좋다더라, 태애가 말하자 소쌍은 그리하겠습니다, 하는 것이었다.

　동북쪽으로만 쭉 걸어 나가면 되는 쉬운 길이었으되 소쌍은 몇 번이나 자꾸 방향을 살피고자 하였다. 단지에게 멈추라 하거나 태애에게 멈추자 했고, 꼭 제가 무언가 확인하려고 드는 것이었다. 태애야 아직 밤길이 무섭기도 하고 소쌍이 듬직이 구는 게 흐뭇하였으므로 멈추자면 멈추고 그가 하는 양을 구경하며 앉아 있었지만, 단지의 눈빛은 점점 더 서늘해졌다. 단지는 여러 번 참다가 조용히, 자신은 종으로 태어난 이래 무수히 많은 심부름을 하면서 단 한 번도 길을 잃어본 적 없다고 말했다. 별과 달을 보고 방향을 계산하는 법을 알고 있을뿐더러 지리를

어림짐작하는 일에도 밝다는 것이었다. 그
또한 고양이 같다고 태애는 혼자 생각하였다.

과연 단지는 여러 번 다녀본 길을
산보하듯 초롱을 살랑이며 평화롭게 걸었다.
마침내 그 평화가 소쌍에게 옮아 붙어 그 입이
조용해졌을 무렵 소쌍이 돌을 헛디뎌 발목을
삔 것은 그러므로 하나의 사건이라 볼 만했다.
실로 무시무시한 비명이었다. 소쌍이 아니라
태애의 입에서 나온 비명이었다. 돌아본
단지가 바람처럼 달려들어서는 엎어져 있는
소쌍을 바로 일으켜 앉혔다. 퍽 심하게 삐어
고통이 꽤 클 텐데도 소쌍은 입을 꾹 다물고
눈썹만 약간 움직일 뿐이었다.

"괜찮으냐."

"예."

소쌍이 대답하고는 일어나 걸으려 했으나
할 수 없었다. 단지는 저고리 소매를 부욱

찢어 소쌍의 발을 싸매기 시작하였다. 발을 싸매기 전에 발끝을 최대한 몸 쪽으로 당겨 붙여 그 상태로 고정하듯 싸매야 했는데, 이미 발목 바깥쪽이 열매처럼 부풀어 오르기 시작한 상황에서 발을 잡고 힘껏 당기니 소쌍이 몹시 아파 자꾸 손으로 밀쳐내버렸다.

"발을. 이렇게 잘 두어야 싸맬 것 아니냐."

단지가 침착한 투로 말했다.

"이 사람아, 아프니까 못 하는 것인데 화를 내면 쓰나."

태애가 답답함을 참지 못하고 끼어들었다.

"아파도 잠깐 참아야지요. 아이도 아니고."

단지가 대답했다.

"잠깐이라도 참기가 힘들어 그러는 것 아니겠는가. 아이가 아니어도."

태애가 말하고는 갑자기 눈물이 날 것 같아 돌아섰다. 그것을 듣고 있던 소쌍이 미간을 약간 더 움찔하며 한쪽 손으로 천천히 발을 당겨 잡고는 다른 손으로 단지의 천을 툭 빼앗아 스스로 다리를 동여맸다. 단지는 그것을 바라보고 있다가 매듭을 지을 때가 되자 도왔다. 태애가 가까이서 살펴본 소쌍은 얼굴에 땀을 몹시 흘리고 있었다. 아프다는 말이나 눈물, 신경질 그리고 칭얼거림 같은 것이 저 몸 안에서 다 녹아 땀으로 흘러나오나 싶을 정도로 땀을 비 오듯 흘렸으므로 태애는 흠칫 놀라 다시 돌아갈 생각을 하였다. 그러나 소쌍은 흐르는 땀이 귀찮다는 듯 소매로 몇 번 훔쳐내고는 한쪽 다리로 일어서 조금씩 절뚝이며 앞으로 나아가는 것이었다. 이를 꽉 깨물어 턱 근육이 불룩해진 모습이 초롱의 불빛 아래 감춰지지 않았다. 소쌍은 아픈 사람이라기보다는 화가 난 사람 같았다. 태애는 복잡하고 어지러운 심경으로 그 뒤를

쫓다 겨우 입을 열어 단지야, 네가 소쌍을 좀
업거라, 하였다.

"그래도 되겠습니까?"

단지가 말했다.

태애는 순간 속이 뒤틀려 도로 안 된다고
말하려다 고개를 끄덕였다. 단지가 천천히
소쌍을 앞서 나가 소쌍의 앞에 등을 내밀었다.
소쌍은 됐다며 그 옆으로 비켜나 계속
절뚝이며 걸었다.

"업히라지 않느냐."

보다 못한 태애가 나무라듯 말하자
소쌍은 잠시 태애의 눈치를 살피더니 그 등에
업혔다.

"어디 침이라도 맞을 곳이 없을까."

태애가 중얼거렸다.

"제생원이 있기야 하지요."

단지가 일어서며 말했다.

"제생원?"

"예, 마마. 아픈 백성들을 약으로 치료하고 보살핀다 들었습니다."

"그것이 도성 안에 있느냐?"

"제생동[11]은 동남쪽으로 조금만 걸어가면 나올 것이나, 위험하지 않겠습니까."

"어찌 그러하냐?"

"양덕방에는 인가도 많고 이궁 서쪽으로 난 문[12]이나 돈화문과도 가까우니……."

"그렇기도 하구나."

"마마, 소인은 괜찮습니다."

소쌍이 다시 입을 열었다.

"그렇지 않느니라."

태애가 말했다.

"단지야. 안내할 수 있겠느냐."

"예."

천만다행으로 제생원 근처에 이를 때까지 셋은 아무와도 마주치지 않을 수 있었다. 여정은 느리고 순탄하였으니 출발할 때에 단지가 소쌍을 업고 있던 것을 도착할 때쯤에는 태애가 업고 있었던 것이 유일한 차이점이었다.

단지가 지쳐서는 아니었다. 뒤따라가던 태애가 어느 순간 단지와 소쌍의 업고 업힌 모습을 더는 볼 수 없어졌기 때문이었다. 단지의 조그만 손가락이 소쌍의 엉덩이 아래서 꼼지락거리는 것을 견딜 수 없었다. 참아보려 했으나 허사였다. 숨을 들이쉴 때마다 아궁이에 바람이 불어넣어지듯 불이 화르륵 커지는 느낌이 들었고 그래서 숨을 아껴 참으면 답답함에 가슴 안쪽이 숯덩이처럼 타들어갔다. 이 불이 곧 온몸으로 번져 활활 타올라 그만 죽을 것만 같았다.

머리가 어지럽고 눈앞이 하얗기까지 했다.
그러나 다친 사람을 걷게 할 수도 없었으므로
방법은 하나였다.

　당연히 소쌍은 결단코 업히지 않겠다
차라리 죽여주시라 외치며 바닥에 납죽
엎드렸고 단지는 단지대로 엎드려 빌었으나
태애의 고집을 꺾을 수는 없었다. 결국 소쌍이
흐느끼며 태애의 등에 엎드렸고 단지도
울상이 되어 그 뒤를 따랐으나 울지는 않았다.
처음이 어렵지 조금 지나자 소쌍도 흐느낌을
멈추었고 단지도 별다른 말이 없었다.

　태애로 말하자면 점차 기분이 좋아지는
중이었다. 업혀보기나 했지 사람을
업어보기는 생전 처음이라 무겁고 고되기는
하였으되 이상하게 시간이 지날수록 요령이
생겼고 땀을 시원하게 흘려 내니 상쾌한
기분마저 들었을뿐더러 재미도 있었다.

'내 이런 일을 잘하는구나.' 태애는 혼자
생각했다. 저기 뒷걸음으로 걸어오는 남자가
있다며 단지가 이상한 듯 손가락을 들어
가리켰을 때에 이르러서는 이 상황이 무척
행복하기까지 했던 것이었다.

　뒤로 걸어오던 자는 단지의 말을 듣고
우뚝 멈춰 서더니 뒤돌아 셋을 쳐다보았는데
말쑥한 이목구비의 사내였다.

　"여인이 사내를 업고 가네그려. 자네들도
귀신인가?"

　순간 소쌍의 머릿속에 두신이라는
두 글자가 스쳐 지나갔다. 소름이 오소소
끼쳤으나 찬찬히 살펴보니 그다지 이상한
구석은 없었다. 게다가 전해 듣기로 두신은
젊은 여자 귀신이었는데 지금 눈앞에 선
이자는 남자가 아닌가. 게다가 차림도
말끔했다. 옷이 낡고 해지기는 하였으나

고름이나 피로 생긴 얼룩은 없었던 터였다.

"제생원에 가는 길이오. 침이라도 맞으려."

아무 의심 없이 씩씩한 태애의 목소리에
소쌍은 정신을 다잡았다. 이윽고 허허, 하는
나직한 웃음소리와 함께 사내의 대답이
이어졌다.

"지금 제생원은 문을 닫았소. 내가 거기서
막 나오는 길이외다."

"의원이오?"

"아니요."

"병자요?"

"비슷하오."

"그런데 어찌 이 시간에 거기서
나오시오?"

"쫓아내더이다."

"어허, 병자를 이 밤중에?"

"나가라고 나가라고 굿까지 하더이다."

태애가 혀를 찼다. 소쌍이 일단 등에서 내려와 앉았다. 단지와 태애도 근처에 털썩 주저앉았으나 달리 할 수 있는 일이 없었다.

"다리를 많이 다친 게요?"

사내가 다시 물었다. 무어라 말해야 할지 몰라 말을 고르고 있자니 소쌍이 다리를 쭉 뻗어 사내에게 보였다.

"오호, 발목을 삔 게로군."

싸맨 양을 보고 사내가 말하였다.

"싸매기는 야물딱지게 자알 싸맸으되 이래서야 쉬이 아니 낫지. 평생 싸매고 살 것이 아니라면야."

"자네, 아무래도 의원인가 본데?"

"의원은 우리 선친께서 의원이시고, 저야 침통만 들었다 뿐 불효자고 부랑자지요."

말끝에 부랑자지, 부랑 자지, 하며 혼자 큭큭 웃는 사내가 허리춤에 침통을 차고 있는 것을 본 소쌍이 단지에게 눈짓하였다.

"침을 맞고 싶소?"

정작 단지는 보지 못한 눈짓을 알아챈
사내가 소쌍에게 물었다. 태애가 뭐라
말하기도 전에 소쌍이 고개를 끄덕였는데
원래도 매우 아프던 것이 시간이 지날수록
통증이 점점 더해갔던 것이었다. 위험하지
않겠느냐며 태애가 물었고, 괜찮습니다, 하고
소쌍이 답했다. 그 침을 맞아도 괜찮을 것
같다는 의미라기보다는 통증이 심해짐에 따라
발목뿐 아니라 다리 전체와 온몸이 가늘게
쑤시고 떨리기까지 하는 것을 가만히 앉아
견디느니 무엇이든 시도해보는 편이 낫겠다는
의미에 가까웠다. 태애가 표정을 굳게 하고
사내의 출신과 삶의 이력을 캐물었다.

"저 사람 못 믿겠다. 차라리 세자빈 마마께
말해 궁으로 돌아가 치료를 받자."

태애와 사내가 대화를 나누는 동안
단지가 조용히 소쌍 옆으로 다가와
귀엣말했다.

"갈 수 있을지 자신이 없어."

"업으면 되지 않아."

"업혀 있을 때도 몹시 아팠어. 피가 몰려
그랬는지 다리가 조금만 흔들리거나 움직여도
아파서 견딜 수가 없으니, 업히는 것도 이제
더 할 수 있을지 모르겠다."

소쌍이 고개를 돌려 다시 태애와 사내
쪽을 보았다. 사내가 뭐라 뭐라 말하며
침통에서 침을 하나하나 꺼내 태애 눈앞에
들이대며 보여주던 차였다. 그런데 침이 좀
이상했다. 손가락만 한 길이의 흔히 보는
침이 아니라 사내의 팔꿈치에서 손목까지
오는 정도로 긴 장침이었고 쇠침이 아니라
구리침이었다. 태애가 깜짝 놀라 침이 아니라

화살 아닌가 하자 사내는 껄껄 웃으며 저
혼자 쏘고 맞고 죽는 시늉을 해댔다. 태애가
별다른 반응이 없자 사내는 소쌍의 싸매놓은
발을 끌렀다. 곧 참외만 한 크기로 부풀어
오른 발목이 보였다. 태애가 헉 하고 숨을
들이쉬었다.

"발을 좀 움직여보시오."

사내의 말에 소쌍이 발목을 약간
움직였다.

"다행히 뼈를 다친 것은 아닌 듯하니 침을
한 대 놓으면 쓰겠소만."

사내는 소쌍이 아니라 태애를 보며
물었다. 태애가 어찌 할 바를 몰라 단지를
보자 단지는 결연히 고개를 끄덕이는
것이었다.

"부탁하네."

마침내 태애가 말하자 사내는 단지에게

초롱을 달래더니 안에 있던 불로 침을 달구었다. 그러고는 침의 끝을 잡고 식기를 기다리는 것이었다.

"그럼, 꽂겠소."

마침내 사내가 말했다. 시선은 소쌍의 발목에 고정한 채라 마치 발목에다 대고 말하는 것 같았다.

천천히, 사내의 장침이 소쌍의 환부를 파고들었다. 침은 살갗에 겨우 매달리는 보통의 경우와 달리 계속해서 들어갔다. 발목을 꿰뚫을 기세로 깊이가 계속 더해졌다. 장침이 손가락 한 마디쯤 들어갔을 때, 태애가 매우 놀라 이것은 침술이 아니라며 말리려 했으나 단지가 팔을 꽉 쥐어 그러지 못하게 했다. 이미 침이 꽤 깊이 들어간 터라 조금이라도 건드렸다가는 발목을 영영 못 쓰게 되어버릴 것 같았던 터였다. 단지는

움직임을 멈추고 소리 또한 더욱 죽였는데
이를 깨물고 떨며 참는 통에 이 부딪는 소리가
태애의 귀 옆에서 들릴 정도였다. 태애로
말하자면 슬슬 숨도 쉬지 못하고 있었다.
워낙에 어지럼증을 잘 느끼고 기절하기를 밥
먹듯 하는 터라 지금도 기절할 듯 어지럽고
머릿속이 하얬지만 괜히 비틀거려 의원의
기운을 흩트릴까 무서워 있는 악 없는
악을 그러모아 참고 있는 것이었다. 한데
그렇게 계속 참다 보니 오히려 정신이 차츰
맑아졌는데, 침을 놓는 사내의 손가락의
미묘한 움직임 하나하나까지 명백히 보이기
시작하였다. 소쌍의 발목 속에 있는 뼈의
마디와 핏줄을 피해 지나가기 위하여 사내는
단순히 침을 한 방향으로 계속 밀어 넣는 대신
조금씩 조금씩 침의 각도를 달리했는데 그
세밀한 솜씨가 인간의 것이라고는 정녕 보기

어려웠다.

　소쌍은 구리바늘이 발목을 관통하는 생전 처음 느껴보는 기이함에 완전히 몸을 맡긴 채 멍해졌다. 조금도 아프지 않았고 두려움도 사라진 지 오래였다. 여기가 어디인지, 시간이 흐르는지도 파악할 수 없었고 점차로 몸에 힘이 빠지며 눕게만 되는 것이었다. 그래서 차차 누웠다. 사내도 눕지 말라거나 움직이지 말라는 말이 없었고 뒤에 서서 숨을 죽이고 있는 태애와 단지의 존재는 까마득히 잊은 지 오래였다. 소쌍은 긴 몸을 마음껏 길게 뉘인 채 밤하늘을 바라봤는데 별이 매우 많았고 하나하나가 모두 밝았다. 땅바닥에서 냉기가 등으로 스며 놀라고 아파 달아올랐던 몸을 시원하게 식혀주었다. 그러는 동안 침은 점점 더 깊이 들어가 마침내 발목 안쪽의 피부를 뾰족하게 누르며 솟아오르기에 이르렀다.

조금만 더 힘을 주면 정말로 발목이 관통되는 것이었다. 사내는 거기서 멈췄다.

태애가 참았던 숨을 내쉬었다. 그러나 사내가 그 침을 빙글빙글 돌리기 시작하자 다시 경악과 함께 숨을 들이쉬고는 참을 수밖에 없었다.

사내는 침을 손가락 끝으로 쥐고 살살 돌리기도 했고 손톱 끝으로 침을 위아래로 긁기도 했는데 그 모두 침에 미묘한 진동을 유발하기 위함이었다. 소쌍만은 그것을 느껴 알 수 있었다. 발목 안에서 무한한 울림과 떨림이 퍼져나가고 있었다. 사내의 행동은 여러 차례 반복되고 오래 이어졌는데 소쌍이 어느 순간 자신이 통증을 전혀 느끼지 않고 있음을 깨닫고 고개를 들어 환부를 바라봤을 때 툭 부풀어 있던 붓기가 완전히 가라앉아 다만 붉은 피부로 본래처럼 발목 바깥에

달라붙어 있었던 것이었다. 사내는 땀을
매우 흘렸고 그 땀이 환부에 닿지 않도록
멀찍이 떨어진 채 손가락 끄트머리로만 침을
다뤘다. 마침내 침을 빼기 시작할 때에도
그 자세 그대로였으므로 마치 엎드린 채
손끝으로 그림을 그리는 어린아이 같았다.
빠져나오는 침에는 피 한 방울 묻어 있지
않았다. 깨끗하고 매끈한 그대로였다. 사내는
침이 나오면 나올수록 빼는 속도를 천천히
했다. 마침내 침의 끝이 소쌍의 살에서 완전히
나왔을 때, 태애가 푹 쓰러지며 단지 쪽으로
기울어졌다.

"침 맞을 사람이 하나 늘었구먼."

사내가 말하자 태애는 즉시 다시 정신을
차려 몸을 일으켜 앉았다.

"걸어보시오."

사내가 말했다.

"아무리 침을 되게 맞았어도 그렇지,
이렇게 즉시?"

태애가 물었으나 사내는 손짓으로 어서
일어나보라는 표현을 할 뿐이었다.

소쌍이 천천히 일어날 제 단지가 다가가
거들었다. 한 다리로 일어선 소쌍이 다쳤던
발을 내려 바닥에 두고 무게를 실어보고는
놀라 소 같은 눈이 더욱 커다래졌다.

"어떠하냐?"

태애가 물었다. 소쌍이 천천히 무게를
다친 발 쪽으로 더욱 실어 처음과 반대의
다리로 서보았고, 잠시 그대로 있다 콩, 한 번
뛰어보았다.

"무리하지 말라."

태애가 급히 말렸으나 소쌍은 완전히
확신한 얼굴로 두 발로 쿵쿵 뛰어보기도 하고
달음박질을 쳤다 돌아오기도 하고 제자리서

빙글 돌기도 했다. 그것을 보고야 태애와
단지가 비로소 기뻐하며 소리치고 서로
껴안았다가 소쌍을 껴안았다가 하였다.

"너 원래부터 그쪽 발을 좀 절지 않았니?"

"그랬지."

"이젠 아예 절지 않으니 어찌 된 일이야?"

"고질병으로 남아 있던 통증까지 저 침이
가져가 버렸으니 괴이하구나."

단지와 소쌍의 대화였다. 듣던 태애가
조금 놀라 끼어들었다.

"네가 원래도 발을 조금 절었느냐?"

"예, 마마. 이쪽 발이…… 생각시
시절 매를 잘못 맞아 다친 것이 고질병이
되었사오나 심하지 않아 눈에는 잘 띄지
않았나이다."

태애는 지금껏 소쌍이 다리를 저는 줄도
몰랐다는 것, 궁에 들어온 지 얼마 되지 않은

단지가 그것을 알고 있다는 것에 충격을
받아 팔을 툭 떨어뜨렸다. 소쌍과 단지는
괜히 입을 놀렸다는 생각에 고개를 숙였다.
곁에서 멀뚱히 서 있던 사내가 셋의 기색을
살피다 태애에게 상을 달라 조르니 태애가
정신을 차리고 그래, 내 상을 주어야지,
하였다. 이 신세를 어찌 갚으면 좋을까,
태애가 중얼거리자 사내는 간만에 기운을
썼더니만 배가 고프니 먹을 것이나 있으면 좀
나누어달라 하였다.

"그러면 떡을 구워 먹자."

태애가 말했다.

"떡은 어디 있고 불은 어디 있는데?"

사내가 말했다.

"떡은 여기 있고, 불이야 피우면 그만."

태애가 보자기에 꼭꼭 싼 떡을 꺼내자
단지가 자기도 모르게 아아! 하며 놀랍고 기쁜

기색을 보였다. 단지가 유난히 주전부리를
좋아한다는 이야기를 들어본 적 있는 것
같았다. 입이 짧은 소쌍마저 얼굴에 화색이
돌았다. 사내로 말하자면 벌써 잔가지를
주우러 뛰어갔다. 한 아름이나 되는 가지를
안고 돌아오기까지는 꽤 긴 시간이 걸렸다.

"뭐가 이리 오래 걸렸담."

태애가 물었다.

"솔나무 한 가지로만 골라 주워 오느라
그랬지."

"솔나무로만?"

"불에도 질이 있으니 불의 맛이 있고 향이
있는 것이지. 기운이 깨끗한 불에는 파를
구워도 고기 맛이 난다."

"깨끗한 불 더러운 불이 따로 있소?"

"깨끗한 것을 태우면 깨끗한 불이 타고,
더러운 것을 태우면 더러운 불이 타지요."

"낙엽을 태운 불은 어떻소?"

"거 좋지요."

"쑥을 태운 불은?"

"두말할 것 있소?"

"똥을 태우면 나쁘지요?"

"잘 말린 짐승 똥을 불로 피우면, 오래도록 타고 해처럼 밝게 빛도 난다오."

"그럼 나쁜 불은 대체 뭐요?"

"종이나 책을 태운 불 곁에는 가지도 않는 게 좋지."

"그 불이 나쁘오?"

"시체 태운 불보다도 하급이니 말 다 했지."

가래떡을 꼬챙이에 꿰며 사내는 상스러운 농지거리도 했는데 떡이 생긴 모양을 사내의 음경에 빗댄 것이었다. 듣던 태애는 웃지도 얼굴을 붉히지도 않고 잠시 고개를 모로 기울여 머릿속으로 뭔가 가늠하다가 내

낭군의 것은 이 떡보단 긴데, 하였다. 소쌍과
단지가 매우 놀라 황망한 얼굴로 각기 들고
있던 떡을 바닥에 내던지며 비명을 질렀으니
지엄하시고 고귀하신 세자 저하 얼굴이
떠올라 어쩔 수 없던 탓이었다. 아무리 놀라도
그렇지 귀한 떡을……. 사내가 그것을 주워
툭툭 털다 터는 손으로 떡을 문지르며 다시
장난을 치자 태애가 이제 그만해두라는 듯
엄히 쳐다보았다. 사내가 태연스레 떡을 다시
둘에게 건네자 둘은 마지못해 받아 들었다.

　떡을 남김없이 먹고 마침내 떠날 때가
되자 사내는 조금도 아쉬운 기색 없이
엉덩이를 털고 일어났다. 이제 어디로 가시오?
태애가 묻자 저기 저 집으로 가려오, 하고
사내가 아무 집 하나를 가리키며 대답했다.

　"연고가 있어 가는 것이오?"
　소쌍의 가슴이 다시 몹시 뛰며

불길함으로 무거워지므로 급히 묻자, 사내는 내 만나야 할 아이가 하나 있기에, 하였다.

"아이? 어찌 아이란 말이오!"

소쌍이 호소하듯 물었다. 사내는 대답 없이 뒷짐을 지더니 소쌍의 손을 가만 바라보고만 있었다. 소쌍은 자신이 감꼭지 노리개를 만지작거리고 있음을 깨달았다. 소쌍이 자기도 모르게 감꼭지 노리개를 탁 끌러 등 뒤에 감추었다. 그러자 사내가 뒤로 걸음을 떼며 빙그레 웃었는데 그 웃음이 큰 강물의 고이고 흐르는 바와 같이 자연스러웠다.

3

"단지 네가 나보다도 도성 지리에 밝으니 권 승휘의 사가가 도성 안에 있었던가?"

딴은 초롱을 들고 조금의 머뭇거림
없이 할랑할랑 길을 찾는 단지에게 건네는
농담이었다. 목이 마르다는 태애에게 이 길로
조금만 걸으면 우물이 하나 나온다고 한 말이
꼭 들어맞게 셋은 우물가에 다다르고 있었다.
한 달 중 보름은 맑고 보름은 흐리다는
보름 우물이었다. 다행히 오늘은 맑은 날에
속했는지 물맛이 차고 달았다. 물을 다 마시고
얼굴을 씻는 태애에게 단지가 대답했다.

"살던 곳은 시골이오만은 열 살 때 홀로
도성을 헤매며 길을 찾은 적이 있어 기억하고
있사옵니다."

"그 또한 심부름이었느냐?"

단지는 잠시 생각에 잠겨 대답을
미루었다.

"아무리 종이라도 그렇지 열 살짜리를
혼자 도성에 보내다니 그 댁 주인도

너무할시고."

"주인댁에서 시킨 심부름은
아니었나이다."

"그럼 누가 시킨 심부름이더냐?"

"주상 전하외다."

태애가 깜짝 놀라 하던 일을 멈추니 소쌍
또한 그리하였다.

"전하께서 너를 부르신 적이 있다 그
말이냐?"

"……."

"자세히 고하라."

단지가 무릎을 단정히 꿇고 엎드려
고했다.

"이것의 언니가 궁녀로 지내다 부정한
짓을 저질러 참형당했사온데 전하께서 하해와
같은 아량을 베푸시어 그 시신이나마 수습할
수 있게 허락해주시니 제가 그것의 유일한

혈육인즉 한양으로 올라와 시체를 찾으러 다녔나이다."[13]

　태애가 아무런 말도 하지 못하고 눈만 깜박이는 동안 단지는 머릿속으로 수없이 떠올렸던 언니의 얼굴을 다시 그려보았다. 함께 지내던 철부지 시절 웃고 까불고 노오란 빛을 내던 산 얼굴이 첫째요, 죽은 지 이미 오래되어 퍼렇고 일그러진 죽은 얼굴이 둘째였다. 첫 번째 얼굴 앞에서 자라난 어린 단지는 어느 날 두 번째 얼굴 옆에 앉아 있었다. 이 얼굴을 어찌 해야 할지 몰라 곁에 쪼그려 앉아 해가 지는 줄도 모르고 쳐다만 보고 있자니 행인들이 침을 뱉고는 또 어디선가 멍석을 구해 와 땅이라도 깊이 파 묻어주라며 던져주고 갔다.

　단지가 시신 곁에 멍석을 펼치고 언니를 굴려 그 위에 눕힌 뒤 멍석과 함께 말아 막

감쌌을 때 터지는 울음소리 몇 개와 함께
여자 노인 서넛이 달려들었다. 그들은 단지가
황망한 정신에 곁에 두고도 미처 발견하지
못했던 또 하나의 시신을 수습하러 온
사람들이었는데 한목소리로 손생아, 손생아,
하며 울었다. 그러자 단지는 죽은 자의
이름을 자꾸 부르면 그 혼이 되돌아와 다시
살아나기도 한다는 이야기를 떠올려냈고 어린
마음에 저 시신에만 혼이 돌아오고 언니는
살아나지 못할까 봐 더 큰 소리로 내은이야,
내은이야, 외치니 그제야 눈물이 가슴
깊은 곳에서부터 터져 나오며 여러 줄기를
이루었다.

　"오라, 네가 내은이 그년의 동생이냐?"

　셋 가운데 가장 늙은, 백발의 여자 노인이
손생의 시체를 흔들다 시뻘게진 눈으로
단지를 돌아보았다.

“예, 그렇습니다.”

단지가 영문을 모른 채 흑흑거리며 대답하자 그 노인은 터벅터벅 걸어와 멍석에 싼 내은이의 배를 짚신 신은 발로 팍 찍어 누르는 것이었다.

“무슨 짓이야!”

단지가 짐승처럼 달려들어 노인의 배를 머리로 들이받자 노인이 어구구, 하며 주저앉았다. 이윽고 단지는 세 명의 노인들에게 두들겨 맞기 시작했는데 때리는 입장에서야 흠씬 팼으나 워낙 완력이 없는 통에 맞는 입장에서는 제대로 맞지 못했다. 오히려 그 모습은 멍석에 말아둔 언니의 시신 위에 엎드린 단지의 등을 세 명의 할머니가 토닥토닥 두드리며 위로하는 모습으로 보이는 것이었다. 지나는 사람들이 제각기 고개를 돌리고 딱하다며 눈물을 글썽였다.

그러자 노인들마저 분노로 인한 씨근거림이 차차 슬픔의 씨근거림으로 바뀌더니 단지를 붙들고 통곡하기에 이르렀다. 단지는 그들의 품에 안겨 엉엉 울었다. 한참을 함께 울자 그 노인들과 가족이 된 것처럼 가까운 마음을 느꼈는데 노인들도 그렇게 느끼는 것 같았다. 그들은 자기들이 가져온 소달구지에 내은이의 시체를 같이 싣게 해주고 단지를 소 위에 태워주었다. 터덜터덜 걷는 동안 노인들이 손생 시체의 속곳과 입안을 뒤져 조그만 금품 따위를 꺼내었다. 시체가 밖에 던져지기 전 생전에 친하던 궁인들이 그렇게 넣어 보내는 것이라고들 했다. 단지도 언니의 몸을 뒤졌더니 과연 엉덩이 밑에서 서신이 하나 나오고 입안에서 흰 가락지가 하나 나오는 것이었다. 단지가 그 가락지를 꺼내려는데

언니의 앞니 하나가 힘없이 빠지며 딸려
나왔다. 단지가 미안해서 어쩔 줄 모르자니
노인들은 네가 잡아당겨 빠진 것이 아니라
매질 당하느라 빠져 있던 것이 이제 딸려 나온
것이라며 단지를 달랬다. 단지는 언니의 빠진
이 자리에 가락지를 넣어주고 자신은 이를
가졌다.

언니를 묻고 돌아오는 길, 앞서 내은이
시체의 배를 밟았던 그 백발노인에게 서신을
주며 읽어달라 비니 그가 읽어주었는데
거기 적힌 언니의 인생이랄 게 분통하고
애처롭기가 한이 없었다. 훗날 권 승휘가 될
아이가 네 살이 되던 해였다. 그의 어머니
최 씨가 둘째를 낳기 위해 친정인 홍주에
와 있느라 권씨 집안 종인 내은이와 단지도
따라 홍주에 갔더랬다.[14] 당시 내은이가
열두 살, 단지는 여섯 살이었으니 내은이는

여기저기서 쓸 일이 많은 종이었으되 단지는 천덕꾸러기라 그저 언니를 따라 쫓아온 것이었다. 그해는 코끼리가 공주에서 사람을 또 죽인 후 전하의 부르심에 따라 비밀리에 한양으로 올라가던 해라, 아산만을 건너는 물길로 가려고 나루터로 향하는 길에 홍주를 거치게 되었다고 했다. 그때 코끼리가 성인 남자만 보면 흉폭하게 코를 휘두르며 곧바로 밟아 죽이려 듦으로 먹이를 주거나 할 때 어린 여자아이들을 시켜 갖다주게 했는데 부모가 있는 아이들은 부모들이 가지 못하게 하므로 고아인 내은이가 동원되었다. 코끼리가 내은이를 잘 따르고 곁에서 온순히 지내니 관리가 최 씨에게 일러 궁으로 데려가고자 하였는데, 단지와 내은이가 주인의 치맛자락을 붙들고 울며 보내지 말라 애원했음에도 최 씨가 보내므로 단지가 이를 무척 원망하던 마음은 지금 단지의 마음에도 생생한 것이었다.

단지가 혼자서 권씨 댁 종으로 충실히 성장하는 동안 내은이는 궁에 들어가 코끼리를 돌보며 열여섯 살이 되었다. 궁녀는 궁녀되 하는 일과 사는 방식이 보통의 궁녀와 달랐으므로 친구는 거의 없다시피 했다. 외롭던 내은이는 그해 같은 나이인 내시 손생과 사랑에 빠지며 비로소 꽃처럼 피어났다. 둘은 몰래 마음을 키우다 서로 평생을 언약하고자 하였고, 내은이가 임금의 옥관자를 훔쳐 손생에게 증표로 주니, 이것이 들통나 의금부에 가두어졌다 참형당한 것이었다. 이 사연이 서신에 적힌 전부였다.

백발노인이 서신을 읽다 슬픔에 겨워 눈물을 흘리고 침을 흘리고 하므로 단지는 혹여 편지가 찢길까 걱정스러워 얼른 그것을

도로 받아 들고 품에 집어넣었으나 어찌 된
영문인지 먼 길을 걸어 돌아와 보니 편지는
없었더랬다.

단지의 이야기를 모두 전해 들은 태애와
소쌍은 무거운 슬픔에 사로잡혔다. 그러나
단지가 이야기를 하면서 조금도 울지 않으니
둘도 울 수 없었다.

"네 그래서 코끼리를 보러 가고자
하였구나."

태애가 겨우 말을 떼었다.

"이년도 언니에게 이야기만 들었다
뿐 코끼리를 직접 본 적은 없나이다. 또한
후원으로 통하는 담의 모양이나 문의 위치
따위를 알 뿐 막상 들어간 후 코끼리가 어디
있는지는 모르나이다. 허나 그리 말하면
데려가시지 아니하실 줄 알고 코끼리의
위치를 다 아는 양 하였으니 죽여주시옵소서."

"내가 너를 왜 죽이느냐. 궁 안의 지리는 내가 밝으니 일단 담을 넘은 후에는 내가 앞장서면 된다."

태애의 대답에 단지가 글썽이는 얼굴로 고개를 끄덕였다.

"하오나 빈궁 마마, 후원으로 들어갈 때에는 담을 넘어가지는 않을 것이옵니다."

"그럼 어찌 들어가느냐?"

"북쪽에 빨래터가 하나 있사온데 후원 안에서 밖으로 흐르는 물길로 쓰이는 구멍인지라 그 구멍으로 들어가는 편이 안전하나이다."

과연 단지를 따라 계속 오르막길을 오르니 졸졸 물소리가 들렸다. 물소리를 쫓아 걸으니 수로 하나가 나오는데 딱 한 사람 들어가기 맞춤이었다.

누가 먼저 넘어가 받쳐주거나 할 필요도

없는 길이라 태애가 먼저 무릎을 꿇고 그 안으로 기어 들어갔다. 치맛자락과 속바지가 젖어드는 기분이 상쾌하고도 시원하였다. 그 뒤를 소쌍이 따르고 그 뒤를 단지가 따랐다. 꼭 쥐구멍으로 들어가는 쥐의 꼴이라, 그렇지 않은가 하고 태애가 둘에게 물으려다 문득 입을 다물고 묻지 않았다. 우리는 쥐가 아니다. 우리는 사람이다. 너무 지당해 오히려 이상하게 느껴지는 사실이 태애의 머릿속을 파고들며 얼굴을 굳어지게 했기 때문이었다.

다시 궁의 안으로, 그것도 몰래 들어왔다는 긴장감 때문인지 소쌍과 단지는 얼마간 걷다 소피를 보러 가고 싶다며 발을 동동거렸다. 나만 남겨두고 둘이 함께 가는 것은 아니 된다! 태애가 말하자 단지의 얼굴이 창백해지므로 소쌍이 자신은 조금 더 참을 수 있으니 먼저 다녀오라 등을 떠밀며 손에 초롱을 쥐여주었다.

　단지가 든 초롱의 빛이 작아지자 태애는
적요에서 이상한 쓸쓸함을 감지했다. 태애는
일부러 여러 번 헛기침했다. 문득 소쌍을
돌아보니 달빛에 비친 소쌍의 얼굴은
아까까지 보아오던 얼굴과 좀 다르게
느껴졌다. 그것은 태애가 처음 궁에 들어와
세자빈이 되던 날 저 멀리서 마주한
10여 년 전의 소쌍의 얼굴을 떠올리게 했다.
태애는 어쩐지 마음이 몹시 처연해졌고
서글퍼졌다. 입궐한 후 아무도 나를 진정으로
아껴주지는 않았다는 생각이 갑작스레
들었다. 세자빈이니까, 세자의 부인이고
미래의 왕을 잉태할 몸이니까 귀히 대해줄
뿐 진정 마음으로 소중히 여겨주는 이는
없다는 생각이었다. 소쌍도 마찬가지인 것
같았다. 서로 몸을 기대고 살갗을 쓰다듬을 뿐

마음이랄 것을 나눈 적이 있었던가. 태애는 외로움에 완전히 질려 몸을 떨었다. 이상한 기색을 눈치챈 소쌍이 슬그머니 태애의 작은 어깨를 끌어안았다. 태애는 기다렸다는 듯 소쌍의 품에 안기며 입술을 찾았다. 소쌍도 태애를 안아주며 더 깊이 입을 맞추었다.

"너와 한 몸처럼 있으니 좋구나. 평생 이리 있고 싶다."

태애가 속삭였다.

"그러시면 아니 됩니다."

"어찌 아니 되느냐. 단지 때문이지?"

"저하께 사랑을 받으셔야지요."

"시경에도 이런 구절이 있지. 여자는 신의를 지키건만 남자는 이랬다저랬다 한다고."[15]

"그건 남녀 사이의 일을 말한 것이지, 그런고로 여자로 하여금 남자 말고 여자와 사랑하라는 뜻은 아니었을 겝니다.”

“네가 확신하는 것이 의심스럽다. 옛일과
남 일을 어찌 아느냐?”

“송구합니다.”

“그러나 그 말도 썩 믿음직스럽지는 않다.
여자도 이랬다저랬다 하느니라.”

“그도 그렇지요.”

소쌍이 웃었다. ‘제 얘기 한 줄도 모르고
재밌다고 웃는구나.’ 태애는 웃으며 고개를
돌렸다. 웃음이 날 때 고개를 돌리는 것은
향에게 배운 버릇이었다. 그는 웃음에도
법도가 있어서 스스로 그것을 반드시 따랐다.
일단은 억눌러 참는 것이 첫째요, 참아지지
않거나 미소를 띠는 것이 지당한 상황인
경우에 입술을 다물고 입꼬리만 올려 이가
보이지 않도록 웃는 것이 둘째요, 그런 것을
생각할 겨를도 없이 웃음이 터져나오는 경우

다른 쪽을 쳐다보듯 고개를 돌려 웃고는
표정을 가다듬은 뒤에 예의 그 말갛고 단정한
얼굴로 돌아오는 것이 셋째요……. 한편
소쌍은 다른 곳을 쳐다보고 있다가도 웃음을
지을 때면 꼭 태애의 눈을 찾았다. 아이의
손이 엄마의 손을 찾듯 지당하고도 간절한
움직임이었다. 그러다 마침내 태애가 눈을
맞추어주면 지긋이 내려다보며 느지막이
커다랗게 피어나는 꽃처럼 마음껏 꽃망울을
터뜨리는 것이었다. 아주 오래 미소를
머금었고, 혓바닥이나 목구멍 안이 들여다뵐
정도로 크게 웃는 일도 드물지 않았다. 그러면
태애는 덩달아 벙실 웃음을 지을 수밖에
없었는데 소쌍이 마침내 웃음을 그치고 눈
맞춤을 끝낼 때까지 그렇게 했다. 태애는 향과
소쌍의 신분을 생각하면 둘이 웃는 방식은
뒤바뀌어야 옳다고 생각하기도 했지만 그에

관해 말을 꺼낸 적은 한 번도 없었다.

"마마."

무언가 결심한 듯 입술을 뗀 소쌍이
태애의 눈을 바라보며 속삭였다.

"그래, 그래."

"단지와 저는 마마와 저와 같은 사이는
아니옵니다."

"너와 나 같은 사이?"

"예."

"그게 무엇이기에."

"……."

"그건 무슨 사이냐?"

"마마와 저처럼."

"나와 너처럼?"

"마마와 저처럼……."

"나와 너처럼."

"마마와 저처럼……."

"그래, 나와 너처럼?"

"……."

"……."

"……."

"됐다. 두어라. 네 대답 기다리다가
대왕대비 되겠다."

송구합니다, 하며 소쌍이 고개를 푹
숙이자 태애는 되었다, 네 냄새나 실컷 맡자,
하며 소쌍의 목에 코를 박았다. 이윽고 멀리서
초롱의 불빛이 다가오므로 소쌍이 태애를
놓기 전에 태애가 먼저 소쌍을 놓았다.

소쌍이 오줌을 누러 가자 태애와 단지는
달빛이 잘 드는 흰 바위 위에 앉았다. 단지는
코끼리를 찾는 것인지 언니의 흔적을 찾는
것인지 천천히 후원을 둘러보느라 여념이
없었다. 그 모습을 빤히 보던 태애가 단지에게

물었다.

"소쌍의 마음을 어찌 얻었느냐?"

단지가 어안이 벙벙하여 태애를
바라보았다.

"사람의 마음을 얻는 방법이 있으면 내게
좀 귀띔해주거라. 내 사례하마."

"어찌 그런 말씀을 하십니까."

"내 병이다."

"병이요?"

"단지 너, 부처가 되려면 어찌해야
하는지 아느냐? 해탈이란 병이 낫는 일이야.
사람이란 누구나 태어날 때부터 가슴에 병을
지니는 법이라, 기질에 따라 그 병을 특히
심히 앓기도 하고 가벼이 앓기도 한다. 사는
동안 때를 만나 증상이 더해지기도 하고
덜해지기도 한다. 허나 절대로 완전히 낫지는
않아. 이 병이 다 나으면 사람은 부처가 된다.

그러니 부처는 아프지 않은 사람이란다."

"소인도 비슷한 이야기를 들어본 적이
있사옵니다."

"그러하냐?"

"관세음보살께서 인간이실 적에 조그만
아이셨는데, 부모로부터 버려져 굶어 죽게
되셨다 하옵니다. 동생이 먼저 죽어 쓰러지고
자신 또한 죽음을 앞두므로 다음 생에 필시
복수를 하겠다는 원한이 사무쳤으나, 죽음을
목전에 둔 순간에 문득 다른 생각이 떠올랐다
하옵니다."

"다른 생각이라?"

"자신처럼 고통에 처해 괴로워하는 다른
사람들에 대한 연민이온즉, 다음 생에는
원한을 되풀이하지 않고 구제하는 이가
되어 누구든 내 이름을 한 번만 불러도
그를 도우리라는 생각이었다 하옵니다. 이

발심으로 하여 마침내 관세음보살이 되셨다
하고요."[16]

태애가 듣고 할 말을 고르지 못해
마음만 가만 들여다보고 있자니 이윽고 어떤
연민이 심중을 파고들었다. 이는 단지에
대한 연민이었다. 동생의 시신 앞에서 굶어
죽기를 기다리는 어린 관세음보살의 모습이
꼭 언니의 시신 앞에서 그 얼굴을 바라보고
이름만 불렀다는 어린 단지의 모습과 겹쳐
보였기 때문이었다.

"이런 이야기도 있는데, 너는 모르지."

"어떤 이야기 말씀이신지요?"

"옛날 옛날 어딘가에 또 불쌍한
어린아이가 있어 바다에 빠져 죽게
되었느니라. 아이는 바다를 원망하는 마음에
조그만 새로 환생해 매일 바닷가에서 돌을
물어다 바다로 던지는데 바다를 메우려는

마음에서였다."

"가엾습니다."

"그 새가 짝을 구하니 그 짝 또한 돌을
물어 던지는 일에 함께하고, 둘이 자손을 낳고
그 자손이 자손을 낳으니 그들 또한 돌을 물어
바다에 던져 지금에 이르렀나니."

"그 바다가 메워졌답니까?"

"너 어디 바다가 메워지는 것 보았느냐?
그저 계속 그리 산다더라."[17]

"……."

"……."

"마음을 얻는 방법이랄 것은 따로
없사옵고, 그저 참사옵니다."

"그저 참는다? 무엇을?"

"그것이……."

"말해보아라. 소피를 참느냐?"

"마마께서는 어찌 그저 그것을

행하십니까?"

"뭐라?"

"어떤 말씀을 하고자 하실 때에,
어떤 행동을 하고자 하실 때에 어찌 그저
하시옵니까? 마땅히 하지 않으실 줄을 아셔야
하옵니다."

"어찌 그러하냐?"

"여한이 죽은 자에게만 남는 것은
아니옵니다. 매일같이 곁에 두고 보는
사이에도 여한은 남을 수 있사옵니다.
맺지 못한 말끝이 무엇일까, 꾹 눌러 감춘
생각이 무엇일까…… 곱씹다 보면 자연히 그
상대방을 계속 떠올리게 되고 그리게 되고
그것들이 모여 연모하는 마음이 되나니,
정보다 무서운 것이 이 산 자들 간의 여한일
테지요. 그러니 모쪼록 여한을 남기소서.
웃음이 나도 웃지 마소서. 눈물이 나오면

참고 입술을 닫아 고운 말이든 가시 돋힌 말이든 빠져나가지 않게 하소서. 그런 뒤에야 비로소 세상 사람들이 세자빈 마마의 말씀에 귀를 기울일 것이고 세자빈 마마를 사랑할 것입니다."

단지의 말을 다 들은 태애는 일단 커다랗게 웃음을 터뜨리고는 말미에 쌀알만치 작은 눈물을 한 방울 흘려보냈다.

"무릇 소쌍의 마음을 얻고자 그러한가 아니면 네 방책이라는 것이 세상에서 누군가에게 사랑을 받고자 할 때에 두루 통하는 것이냐?"

단지는 잠시 생각하다 무릇 세상의 이치가 이러할진댄 소쌍에게만 해당하는 것은 아니라 생각되옵니다, 하였다. 태애는 한 번 더 크게 웃고는 더는 묻지 않았다.

말하자면 태애는 처음으로 소쌍에게

실망하기 시작한 것이었다. 단지의 귀 끝이 붉어지는 것을 눈여겨보던 태애는 소쌍이 그것을 쥐거나 그것에 입술을 갖다 댈 모습을 상상했고 그때의 단지가 가지고 있었을 닫힌 입, 웃음이나 울음이 배지 않은 얼굴을 생각했고 그러자 소쌍이 너무나도 낯설게, 말하자면 향이나 주상 전하보다도 낯설게 느껴졌다.

"소쌍이 소피를 보다 확 주저앉기나 해버렸으면 좋겠구나."

불쑥 태애가 내뱉은 말에 단지가 깜짝 놀라 태애를 바라보다 이내 풋 하고 웃음을 터뜨렸다. 쌀알을 닮은 작은 이들이 환하게 드러났다. 감출 필요 없이 마음만 무겁게 하던 사소한 비밀들 같았다. 태애도 단지를 보며 빙그레 웃었다.

"내 앞에서는 웃고 싶을 때 웃고, 울고

싶을 때 울거라. 너는 소쌍이 곧 세상인
줄로 안다만 나는 소쌍과 다르고 세상과도
다르니라."

　태애가 맨 앞에서 초롱을 들고 걷고, 그
뒤를 소쌍과 단지가 따랐다. 태애는 둘이
손이라도 붙잡는가 싶어 서너 걸음 떼고
나서 뒤돌아보기를 반복하였다. 나란히
가시지요, 하고 보다 못한 소쌍이 말하고
태애의 오른편에 서자 단지가 태애의 왼편에
섰다. 태애가 웃으며 그러자 하자 소쌍도
웃었다. 태애는 웃는 소쌍의 얼굴을 보며
자신이 그녀를 얼마나 크게 사랑하는가를
새삼 깨달았다. 또한 그 사랑이 향에 대한
사랑을 결코 가리거나 지울 수 없으리란
사실도 동시에 깨달았다. 말하자면 두 사랑은
한 자리를 놓고 다투는 것이 아니라 자리의

경계를 밀어내며 점점 더 확장되는 것이었다.
애초에 두 사랑도 아니었는데, 태애에게 있어
향을 사랑하는 마음은 곧 소쌍을 사랑하는
마음이었고, 소쌍을 사랑하는 마음은 곧
향을 사랑하는 마음이었기 때문이었다.
사랑이 뒤엉켜 커지고 커지며 뒤섞이니
태애도 부풀었다. 큰 사랑을 하는 큰 사람이
태애였다. 향이 보고 싶었다. 보고 싶어 꼭
죽을 것만 같았다. 죽는 게 차라리 나을
것이라 그리 생각하면서 태애는 죽지 않고
계속 걸었는데 긴 다리로 자꾸만 앞서
나가는 소쌍에게서 멀어지지 않아야 했기
때문이었다. '어쩌면 나는 사람이 아니라
사랑인가 보다.' 태애는 생각했다. 이상할 것도
없었다. 사람과 사랑, 그것은 애초에 비슷한
말이 아닌지.

그때 꽃 눈이 내렸다. 셋은 누가 먼저랄

것 없이 하늘을 올려다봤다. 꽃잎들이 바람에
날리며 달빛을 받아 여러 색깔로 화려하게
반짝였고 선명한 향기를 풍겼다. 태애는
아름다운 것을 볼 때면 늘 그렇듯 시간이 잠시
멈춘 것 같은 기분에 사로잡혔다.

"참 좋지 않습니까?"

소쌍의 말에 깨어난 태애가 고개를 돌려
소쌍을 봤다.

"무엇이 말이냐?"

태애가 물었다.

"이 세상 말입니다."

바보스러울 정도로 순수하게 느껴지는
소쌍의 대답에 태애는 이유 없이 눈물이
솟구쳤다. 어떤 예감에 슬퍼지는 것이었다.
그러나 그 예감의 내용은 몰랐다. 그것은
어쩌면 행복을 암시하였을 수도 있었다.
그러나 분명 유한한 행복일 터였다. 한편

떠오르는 목소리가 있었으니 향의 것이었다.

"희다는 게 그래요. 양보 없이 다 희어야 흰 것이지, 무언가 조금이라도 섞이면 다른 색이 됩니다." 향은 흰 얼굴로 이야기했다. 태애는 붉은 얼굴로 듣고 있었다. 향이 좋아서 얼굴이 붉어져 있었던 것이었다. 향의 그 말이 자신에게 조금이라도 색을 섞지 말아달라는 부탁이었음을, 때를 묻히지 말라는 명령이었음을 태애는 너무 늦게 깨달았다. 태애는 몹시 슬퍼져 소쌍과는 다른 눈으로 꽃잎들을 올려다봤다. 향을 미워하는 마음과 가여워하는 마음이 사랑하는 마음과 뒤섞여 엉망으로 아름다웠다. 곧 바람이 가라앉으며 꽃잎들도 하강하였고, 그러자 저 뒤편에 커다랗고 까만 둔덕 같은 것이 어른거리는 게 눈에 보이기 시작했다.

태애가 깜짝 놀라 슬픔을 멈추고 다시

보니 그것은 조금씩 움직이기도 했다. 가자는 말도 못 하고 태애는 천천히 혼자 앞으로 걸었다. 스스로 가면서도 마치 그것이 자기를 끌어당겨 저절로 움직이는 것처럼 느꼈다. 기색을 눈치챈 소쌍과 단지도 시선을 위에 고정한 채 뒤를 따라 걸었다. 얼마간 걷자 곧 커다란 파도 소리와 같은 느린 숨소리가 들려오기 시작했다. 태애는 어떤 생각에 미쳐 바닥에 초롱을 내려놓았다. 그리고 맨몸으로 계속 걸었다.

코끼리였다. 잠이 들었다 사람 소리에 설핏 깼는지 눈을 절반쯤 뜬 채 셋을 쳐다보고 있었다. 압도적인 크기에 겁에 질려야 마땅했으나 두려움을 느끼는 자는 한 명도 없었다. 다만 각자 마음속 가장 깊은 곳에 지니고 있던 감정들이 확 터져 압도적으로 커다래졌다. 태애는 거대한 사랑을 느꼈는데

지금껏 한 번도 느껴본 적 없는 경이롭고도
아름다운 크기의 사랑이었다. 태애가
울먹이며 가까이 다가가자 코끼리가 작게
피리 소리를 냈다. 이에 태애가 멈췄고
코끼리가 다시 피리 소리를 냈다. 태애가
보퉁이에서 떡을 또 꺼냈는데 아까의
가래떡과 달리 콩과 대추를 많이 박아 넣고 찐
떡이었다.

"콩 드시기를 좋아하신다 하여……."

태애가 말끝을 흐리며 떡을 들고 코끼리
쪽으로 향했다. 덩치가 큰 이에게 줄 것이니
아주 크게 쪄서 오라고 나인들에게 단단히
일렀건만 막상 꺼내 바치자니 하염없이
작게만 느껴졌다.

"그래도 정성이 깨끗하니 받으시지요."

태애가 말하며 다시 한 걸음 더 내딛으며
코끼리에게 콩떡을 내밀었다. 코끼리가 코를

뻗으며 천천히 다가오기 시작했다.

조심하십시오, 라거나 피하십시오 따위의
말은 아무도 하지 않았다. 소쌍과 단지는
어쩐지 지금의 상황이 전혀 위험하지 않음을
느낄 수 있었다.

이윽고 코끼리가 긴 코를 뻗어 떡을
더듬고 태애의 손을 더듬었다. 분명 예민하고
조심스러운 코끝으로 떡만 만질 수 있었을
것을 일부러 코가 자꾸 미끄러지듯 더듬더듬
연기하며 태애의 손과 팔을 슬쩍슬쩍
만져보는 양이 꼭 능청을 떠는 사람 같아
태애는 웃음을 터뜨렸다. 그러자 코끼리의
눈도 슬쩍 휘고 입꼬리도 슬쩍 올라가며
웃음을 짓는 듯하였는데, 큰 코에서인지
입에서인지 나팔 소리를 내며 정말
키득대기도 하는 것이었다. 그러고는 코끝을
말아 떡을 달롱 가져가 입에 집어넣고 곧장

우물우물 씹었다. 귀한 분께 드릴 것이니
달게 만들라 하였는데, 단맛이 좋은지 고개를
이리저리 저으며 귀까지 펄럭이는 것이었다.
또 길게 피리와 나팔 소리를 내며 노래를 하듯
말을 하듯 흥얼거렸다.

　"나도 노래할 줄 안다."

　태애가 대답했는데 머릿속 깊은
곳에서 떠오르는 운율과 가사가 있었기
때문이었다. 전하께서 선조께 예를 다할
때 부르고 연주하고자 신하들에게 명해
지으신 곡조였다. 거룩한 음성으로 몇 번이고
들려주실 때에도 한 번도 진정으로 느껴본 적
없던 그 운율과 가사가, 지금 이 거대한 존재
앞에서는 저절로 발하여 부르고 싶어졌다.
부르지 않고서는 견딜 수 없겠다는 느낌마저
드는 것이었다.

크고도 아름다워라 신령의 집이어,
정숙하고도 빛이 납니다.

종과 북은 이미 울리어 기장과 피[稷]의
제물 향기로우니.

여기에 안착하시고 여기에 존재하시어
뜰에 강림하시네.

아마 반갑게 받아주시리니 우리는 복이
영원하리라.[18]

태애의 노래를 들은 코끼리가 옆으로
다가왔다. 우리를 편하게 하시옵고 소원
이루게 하소서. 태애가 말하며 눈가를
문질렀다. 코끼리가 천천히 무릎을 굽히며
앉았다. 그러고는 코로 태애의 등을 끌어당겨
자기 쪽으로 붙게 했다.

"등에 올라타라는 것 같습니다."

단지가 말했다. 태애가 그 말을 듣고

코끼리의 몸에 손바닥을 대니 거칠고도 부드러웠다. 태애는 코끼리 등에 올라가려 했으나 너무 높아 잘 올라가지지 않았다. 산 동물의 피부를 마구 쥐고 뜯으며 오를 수도 없는 노릇이니 더욱 어려웠다. 소쌍이 다가가 다시 무릎을 대어주려는데 코끼리가 자기 코를 뻗어 받칠 수 있게 하므로 태애가 그것을 조심히 딛고 올라가 마침내 코끼리 목뒤에 앉았다. 그러자 코끼리가 천천히 일어섰다.

땅이 까마득히 멀어지며 솟아올랐으나 그렇다고 하늘과 가까워진 것은 아니었으니, 태애는 공중에 뜬 채 어디에도 속하지 않는 기분을 느꼈다. 이 기분은 익숙한 것이었다. 궁에서 지낼 때에 늘 그리 느껴왔으니까.

코끼리가 또 고개를 도리도리해가며 주억거려가며 노래했다. 태애는 멀리 내려다봤다. 후원이, 창덕궁이, 자신이 떠나온

경복궁이, 한양이, 조선 전부가 한눈에 보이는 것만 같았다. 집이며 사람들이 너무 작았다. 개미보다도 작게 느껴졌다. 시간도 그랬다. 자신이 살아온 스물다섯 해는 물론 조선의 역사와 까마득히 옛적의 이야기 하나하나가 다 사소하였다. 그렇다고 보잘것없는 것은 아니었지만 분명 알알이 조그만 것이 꼭 바닷가에 흩어진 조약돌들 같았다.

　허나 그 가운데도 작게 보이지 않는 두 가지가 있었으니 바로 저 아래 있는 소쌍과 단지의 모습이었다. 그들만은 본래보다도 더욱 크게 뵈니 기이한 일이었다. 둘은 코끼리의 큰 여물통 근처에 쪼그리고 앉아 땅을 파고 무언가 묻고 있었는데 아주 작고 희고 네모난 것이었다. 태애는 그것이 언젠가 단지가 죽은 제 언니 입에서 빼내 간직했다던 언니의 앞니임을 알아차렸다. 어디 경치

좋은 곳에 훨훨 날려 보낼 것이지 이 답답한
궁궐에 묻고 있느냐며 짚어 말할 생각은 들지
않았다. 단지의 마음을 알 것 같았다. 소쌍의
마음을 알 것 같았다. 코끼리의 마음을 알 것
같았으며 향의 마음과 전하와 중전 마마의
마음을 알 것 같았다. 내은이와 손생의
마음을, 세 노파와 권 승휘와 그의 어미 최
씨의 마음을 알 것 같았다. 자신이 아는 모든
사람의 마음과 자신이 미처 모르는 사람들의
마음까지 갑자기 전부 이해할 것 같았다.

　태애는 잠시 자신의 심장을 눌렀다가
코끼리의 이마를 만지고, 손가락으로 그
아래쪽을 가리켜 코끼리가 그들을 보게
이끌었다.

　"네 동무 내은이의 이가 여기 묻힌다."
　코끼리에게 속삭이자, 코끼리는 그
말을 알아듣고는 움직임을 모두 멈추고

깊은 시선으로 단지와 소쌍이 하는 양을
지켜보았다. 그는 기뻐하고 있었다. 슬퍼하고
있었다. 슬픔에 잠긴 채 기뻐하는 코끼리의
얼굴을 태애는 깊은 시선으로 내려다봤다.
마침 소쌍이 고개를 들어 태애의 눈치를
살피므로 태애는 얼른 고개를 들어 하늘을
보는 척했다. 흰 구름에 붉은 태양, 분홍으로
어우러졌다. 어느새 동녘이 밝아오고 있었다.

주

1   인경(밤 10시경)에서 파루(새벽 4시경)까지는 통행금지 시
    간이다. 인경은 종소리로, 파루는 북소리로 알렸다.

2   "임금이 또 지신사(知申事) 정흠지(鄭欽之)에게 이르기를,
    '이제 동궁(東宮)을 위하여 배필을 간택할 때에는 마땅히
    처녀를 잘 뽑아야 하겠다. 세계(世系)와 부덕(婦德)은 본래
    부터 중요하나, 혹시 인물이 아름답지 않다면 또한 불가
    (不可)할 것이다.'" (…) "잠깐 본 나머지 어찌 곧 그 덕(德)을
    알 수 있으리오. 이미 덕으로서 뽑을 수 없다면 또한 용모
    (容貌)로서 뽑지 않을 수 있겠는가."
    《세종실록》 45권, 세종 11년 8월 4일 무인 1번째 기사:
    〈세자비 간택 방식에 대해 신하들과 의논하다〉. (이하 실록
    의 번역은 모두 국사편찬위원회의 웹사이트 '조선왕조실록'에서 가
    져왔다. sillok.history.go.kr)

3   "소쌍이 또 권 승휘의 사비 단지와 서로 좋아하여 혹시 함
    께 자기도 하였는데, 봉씨가 사비 석가이(石加伊)를 시켜
    항상 그 뒤를 따라 다니게 하여 단지와 함께 놀지 못하게

하였다." (…) "소쌍이 단지와 더불어 항상 사랑하고 좋아
하여, 밤에만 같이 잘 뿐 아니라 낮에도 목을 맞대고 혓바
닥을 빨았습니다. 이것은 곧 저희들의 하는 짓이오며 저
는 처음부터 동숙한 일이 없었습니다."

《세종실록》75권, 세종 18년 10월 26일 무자 2번째 기사:
〈두 번째 세자빈 봉씨를 폐출시키다〉.

4   "봉씨는 성질이 시기하고 질투함이 심하여서, 처음에는
사랑을 독차지 못한 일로 오랫동안 원망과 앙심을 품고
있다가, 권 승휘가 임신을 하게 되자, 봉씨가 더욱 분개하
고 원망하여 항상 궁인에게 말하기를, '권 승휘가 아들을
두게 되면 우리들은 쫓겨나야 할 거야' 하였고, 때로는 소
리내어 울기도 하니, 그 소리가 궁중에까지 들리었다. 내
가 중궁과 같이 봉씨를 불러서 타이르기를, '네가 매우 어
리석다. 네가 세자의 빈이 되었는데도 아들이 없는데, 권
승휘가 다행히 아들을 두게 된다면, 인지상정으로서는
기뻐할 일인데도 도리어 원망하는 마음이 있다니, 또한
괴이하지 않은가' 했으나, 봉씨는 조금도 뉘우치는 기색
이 없었다."

《세종실록》75권, 같은 글.

5   "일본 국왕(日本國王) 원의지(源義持)가 사자(使者)를 보내
어 코끼리를 바쳤으니, 코끼리는 우리 나라에 일찍이 없
었던 것이다."

《태종실록》21권, 태종 11년 2월 22일 계축 2번째 기사:
〈일본 국왕이 우리 나라에 없는 코끼리를 바치니 사복시
에서 기르게 하다〉.

6   "전 공조 전서(工曹典書) 이우(李瑀)가 죽었다. 처음에 일본
국왕이 사신을 보내어 순상(馴象, 길들인 코끼리)을 바치므

로 3군부(三軍府)에서 기르도록 명했다. 이우가 기이한 짐승이라 하여 가보고, 그 꼴이 추함을 비웃고 침을 뱉었는데, 코끼리가 노하여 밟아 죽였다."

《태종실록》 24권, 태종 12년 12월 10일 신유 6번째 기사: 〈전 공조 전서 이우가 코끼리에 밟혀 죽다〉.

7   "전라도 관찰사가 보고하기를, '길들인 코끼리를 순천부(順天府) 장도(獐島)에 방목(放牧)하는데, 수초(水草)를 먹지 않아 날로 수척(瘦瘠)하여지고, 사람을 보면 눈물을 흘립니다' 하니, 임금이 듣고서 불쌍히 여겼던 까닭에 육지에 내보내어 처음과 같이 기르게 하였다."

《태종실록》 27권, 태종 14년 5월 3일 을해 4번째 기사: 〈순천부 장도에 방목 중인 길들인 코끼리를 육지로 내보내게 하다〉.

8   "전라도 관찰사가 계하기를, '코끼리[象]란 것이 쓸 데에 유익되는 점이 없거늘, 지금 도내 네 곳의 변방 지방관에게 명하여 돌려가면서 먹여 기르라 하였으니, 폐해가 적지 않고, 도내 백성들만 괴로움을 받게 되니, 청컨대, 충청·경상도까지 아울러 명하여 돌아가면서 기르도록 하게 하소서' 하니, 상왕이 그대로 따랐다."

《세종실록》 10권, 세종 2년 12월 28일 임술 2번째 기사: 〈전라도 관찰사가 코끼리의 순번 사육을 청하다〉.

9   "충청도 관찰사가 계하기를, '공주(公州)에 코끼리를 기르는 종이 코끼리에 차여서 죽었습니다. 그것이 나라에 유익한 것이 없고, 먹이는 꼴과 콩이 다른 짐승보다 열 갑절이나 되어, 하루에 쌀 2말, 콩 1말씩이온즉, 1년에 소비되는 쌀이 48섬이며, 콩이 24섬입니다. 화를 내면 사람을 해치니, 이익이 없을 뿐 아니라, 도리어 해가 되니, 바다 섬

가운데 있는 목장에 내놓으소서' 하였다. 선지(宣旨)하기를, '물과 풀이 좋은 곳을 가려서 이를 내어놓고, 병들어 죽지 말게 하라' 하였다."

《세종실록》11권, 세종 3년 3월 14일 병자 5번째 기사: 〈충청도 관찰사가 코끼리를 섬 가운데 있는 목장으로 내놓아달라 건의하다〉.

10 경복궁과 창덕궁 사이 공간에 관한 정보는《북촌—경복궁과 창덕궁 사이의 터전》(서울역사박물관, 2019)을 참고하였다.

11 계동의 옛 명칭. 제생원이 있던 자리라 그런 이름이 붙었다는 설이 있다.《북촌》, 23쪽.

12 창덕궁 금호문의 경우 당초에는 별도의 이름이 없었으나, 1475년(성종 6년) 국왕의 지시로 서거정(徐居正)이 대궐의 문 가운데 호칭이 없는 문들의 이름을 지으면서 금호문이라 불렸다.

13 "환자(宦者) 손생과 시녀 내은이·방자(房子) 목이(目伊)의 종 상좌(上佐) 등을 의금부의 옥에 가두었다. 내은이가 일찍이 임금이 쓰던 푸른 옥관자[靑玉貫子]를 훔쳐내어 손생에게 주고 서로 더불어 언약을 하였기 때문이었다."

《세종실록》30권, 세종 7년 12월 10일 을해 6번째 기사: 〈임금의 옥관자를 훔친 환자 손생과 시녀 내은이 등을 의금부에 가두다〉.

14 "(권 씨의) 어머니 최 씨(崔氏)는 고려(高麗)의 대유(大儒) 중서령(中書令) 문헌공(文憲公) 휘(諱) 최충(崔沖)의 12세 손(孫)인 서운 부정(書雲副正) 휘(諱) 최용(崔鄘)의 딸이니, 영락(永樂) 무술 3월 임신(壬申)에 빈(嬪)을 홍주(洪州) 합덕현(合德縣)의 사제(私第)에서 낳았다."

《세종실록》93권, 세종 23년 9월 21일 갑인 3번째 기사: 〈현덕빈의 지문(誌文)과 명(銘)〉.

15 《시경》위풍 편, 〈맹(氓)〉의 한 구절.

16 《법륜 스님의 반야심경 강의》(법륜, 정토출판, 2022) 참고.

17 《산해경》의 정위새 이야기.

18 於皇神宇, 肅肅熒熒 어황신우 숙숙형형
    鐘鼓旣成, 黍稷惟馨 종고기성 서직유형
    卽着卽存, 陟降庭止 즉착즉존 척강정지
    庶右享之, 福祿寧止 서우향지 복록녕지
    세종 15년 예조에서 올린 종묘제례악 악장의 가사로 지금 불리는 영신희문(迎新熙文, 종묘제례 중 신을 모시는 절차에서 연주되는 곡)의 가사와는 차이가 있다. 번역은 실록 웹페이지 번역본을 일부 변용.
    《세종실록》62권, 세종 15년 12월 23일 임신 2번째 기사: 〈예조에서 악장을 올리다〉.

작가의 말

설리(雪梨)의 타계(他界) 후 내 마음도

이 세계를 완전히 저버렸다

주변에서 일어나는 일일랑 아랑곳없이

오래된 무덤만 파헤치는 학자처럼

내가 찾는 건 그녀가 가졌을 모습들이나

그녀가 가지게 될 모습들뿐이었다

사랑이 죄인가 중얼거리며 잠들던 밤들

사랑이 병인가 중얼거리며 새우던 밤들은

아직도 베개맡에 모래알처럼 흩뿌려 있고

바람 불면 날려 눈으로 떨어진다

'앞으로 더 아름다운 건 없을 것이다'
그에 관해 안심하며 더러
농담도 하는 서른
좋은 꽃잎들 떨어져 흩날리는 동안
남루히 살아남아 다음 계절 맞은 듯

무참한 고요한
덩그런 오늘

2023년 가을

사랑하는 마음으로

현호정

wefic - 37

삼색도

초판 1쇄 인쇄 2023년 10월 24일
초판 1쇄 발행 2023년 11월 8일

지은이 현호정
펴낸이 이승현

출판2 본부장 박태근
스토리 독자 팀장 김소연
편집 곽선희 김해지 이은정 조은혜
디자인 이세호

펴낸곳 ㈜위즈덤하우스   **출판등록** 2000년 5월 23일 제13-1071호
주소 서울 특별시 마포구 양화로 19 합정오피스빌딩 17층
전화 02) 2179-5600   **홈페이지** www.wisdomhouse.co.kr

ISBN 979-11-6812-738-8 04810
      979-11-6812-700-5 (세트)

값 13,000원

한 조각의 문학, 위픽 wefic